El chico del cartón de leche

El chico del cartón de leche

Irene R. Aseijas

© Irene Rodriguez Aseijas, 2020
© de esta edición para:
Literaturas Com Libros 2020
Erres Proyectos Digitales, S.L.U.
Avenida de Menéndez Pelayo 85
28007 Madrid

Diseño de la colección: Benjamín Escalonilla

ISBN: 978-84-122514-6-3

*Todos tenemos una vida pública,
una vida privada y una vida secreta*

Para mi padre,
Por todo lo que me enseñó...
Hasta que volvamos a vernos.

Lo más difícil de investigar en criminología y criminalística es el absurdo, la acción sin causas, ni móviles, ni beneficios, lo poco pensado, la perversión, y en este caso, el «asesinato sin motivos aparentes».

Casos como el de los Clutter, crímenes de semejante magnitud, despiertan el interés de los hombres de leyes en todas partes, en especial los que tienen a su cargo la investigación de crímenes similares todavía sin resolver, porque siempre es posible que al solucionarse un misterio pueda a la vez resolverse otro.

A sangre fría
Truman Capote

Aclaración: Esta no es una novela por capítulos. No es una novela. Es una anotación nerviosa. No está sujeta a todo ese aparataje literario. Esto es una recopilación de datos. Los capítulos sirven para tratar de organizar el caos. Gas sarín. Gas sarín literario. Eso es esto que tiene entre las manos.

El paquete
S.D.

Hace frío. No sé muy bien qué hacer. Me duele mucho dentro. Siento una quemazón ardiendo ahí abajo. Tengo algo entre las costillas, no consigo respirar. No sé dónde estoy ¿Por qué está ocurriendo esto? Intento tranquilizarme un poco pero el cerebro se me dispara. Muy deprisa. Zumba. Me retuerzo de dolor. Siento lo que me han hecho por abajo. No sé dónde estoy. Ni qué está pasando. Siento que las piernas me tiemblan. No puedo enfocar del todo, pero creo que hay un hueco. Una puerta. Me cuesta mucho mantenerme de pie, aunque sé que estoy atada y que los pies me cuelgan blandos. Quiero morir. Quiero que esto no esté pasando. No quiero que vuelvan. No sé cuánto tiempo llevo aquí. Mamá. Quiero morir ahora. No puedo soportarlo. Cierro los ojos. Me han arrancado un trozo de labio. Puedo notarlo porque el escozor se me clava por dentro y es más fuerte si rozo con la lengua. Siento que estoy muerta. Pero respiro. Respiro porque aquí hace frío. Y puedo oír algo.

PRÓLOGO

Saúl Oliver

¿Nos conocemos de antes?

Estoy tratando de hacer memoria. Puede que las cosas no ocurrieran exactamente como recuerdo. Me cuesta trabajo pensar con claridad. Incluso ahora. Después de estas cinco semanas esquizofrénicas que han terminado por amputar lo que quedaba aprovechable de mi vida.

Trataré de empezar con un cierto orden cronológico. De esforzarme por mantenerme sobrio y consciente. Es importante recordar los detalles...

Conocí casualmente a D.L. hace algunos años durante una cena en casa de una actriz muy conocida a la que me habían invitado a consecuencia del desproporcionado éxito de mi primera novela. Ya entonces me pareció una persona extraña, y sobreactuada. Recuerdo ahora la palabra enmascarado, si es que eso significa algo. Iba muy bien vestido, como cabría esperar en alguien de su posición social acomodada, olía a colonia cara y tenía las manos perfectamente arregladas, al igual que los dientes. *Los dientes no mienten.* Nos sentaron a cenar en asientos contiguos y compartimos un menú vegano a base de verduras crudas, salsas especiadas, vino blanco y algo de charla. En general mostraba la actitud, un tanto saciada, que uno espera encontrar en un hombre entregado a los placeres mundanos con la vida resuelta. Tuve la impresión de que había abusado ocasionalmente de las drogas en el pasado, tal vez también en el presente, pero supuse lo mismo de otros muchos invitados. Recuerdo también (ahora) que me llamó especialmente la atención el hecho de que hablaba muy pausado, como si se esforzase por vocalizar y parecía que disfrutaba saltando con indolencia de una conversación a otra, sin llegar a profundizar en nada que tuviera algún tipo de calado. Por alguna razón recuerdo ahora una percepción constante de que su interés aparente por la trayectoria vital del resto de invitados era del todo impostado.

No guardo muchos más detalles concretos de aquella noche, excepto que se acercó a mí cuando ya estaba a punto de marcharme, mientras mantenía una breve y poco fluida conversación con una joven maquilladora filipina, interesada en hacer carrera en el mundo del cine, que había leído mi novela. No deja de resultar curioso los detalles que uno es capaz de recordar a veces. Para entonces llevaba una copa vacía en la mano y sus ojos estrechos parecían sumergidos en un mar etílico. «Debo decirle que yo también leí con fervor su novela. Tres veces. Espero no abrumarle. Me resulta difícil ocultar mi fascinación cuando encuentro algo que me apasiona. Resulta tan poco común». No recuerdo cómo llegamos a quedarnos solos después de eso, pero sí que comenzó a revelarme detalles sobre su vida con fruición. Me explicó que tenía negocios, «participaciones» dijo, en una serie de empresas de alta tecnología, y, enseguida y como para justificarse, añadió que también participaba como filántropo en diversos proyectos benéficos, relacionados con el bienestar de los niños en África y otros lugares desfavorecidos. «Tal vez le interesaría conocer más a fondo la causa».

No es que nada concreto de lo que dijera resultase escabroso o turbador en absoluto, pero sí me lo pareció su manera de mirarme directamente a los ojos. «Sería fantástico poder contar con su apoyo público... Quizá podríamos discutirlo con detalle en mi casa frente a un Sevruga y un Merlot. ¿Le gusta el caviar?». Dijo eso y me miró con una especie de omisión sutil que interpreté como una invitación explícita. Enseguida le expliqué que yo no era famoso. «Solo soy un escritor mediocre con una novela de éxito». Y que tampoco estaba interesado en ningún tipo de relación sexual. Aquello pareció divertirle. «Es una lástima, resulta usted turbadoramente atractivo». Recuerdo ahora especialmente cierto fragmento de la conversación:

«... Me interesó especialmente el trasfondo de su novela... Su manera de afrontar el desconcierto y la crueldad. La pérdida imprevista y abrupta... Un enfoque así no está al alcance de cualquiera, requiere de un cierto carácter, una predisposición... La Literatura es un arte mayor, sin duda... Aunque personalmente siempre he sido un apasionado del cine. Del cine negro en particular. No requiere tanto esfuerzo intelectual, el cine, me refiero. Desde niño siempre tuve afición por las películas... Mi tío se parecía a George Sanders. ¿Le recuerda? Supongo que no... En 1950 tuvo su actuación más aplaudida. Encarnó al crítico teatral Addison DeWitt en *Eva al desnudo*, la gran maravilla de Bette Davis. ¿La ha visto? Al menos habrá oído hablar de ella, seguro que sí. No hay mucha gente que le conozca hoy en día, aunque fue una celebridad en su momento. Consiguió llevarse un Óscar al mejor actor de reparto... Eran otros tiempos, sin duda. No todo eran superhéroes de saldo y torsos musculados... No tengo nada en contra de esos torsos, desde luego, solo trato de decir que ya no se encuentran personalidades inquietantes como la de Sanders, personajes con su carisma... Casi nadie sabe que se suicidó en España, en el Gran Hotel Rey Don Jaime, en Castelldefels, un precioso *resort* ubicado en uno de los rincones más bellos de la costa Catalana. Debió de ser en el año mil novecientos setenta y dos, eso creo. Lo encontraron ya inconsciente en su habitación. De eso estoy seguro. Había tomado cinco frascos de Nembutal, el mismo barbitúrico que se detectó en el cuerpo de Marilyn Monroe diez años antes. Tenía casi setenta años y su carrera como actor estaba en declive. Ya sabe cómo es Hollywood. Solo carne joven y fresca». Sonrió. «¿Pero no es así como ocurre en el resto del mundo? Lo más significativo del asunto es que dejó una nota despidiéndose. Decía: "Querido mundo: He vivido demasiado tiempo, prolongarlo sería un aburrimiento. Os dejo con vuestros conflictos, vuestra basura, y vuestra mierda fertilizante"¿No le parece una despedida fascinante?»

«Insisto en que deberíamos volver a vernos. Tengo algunos contactos. Creo que deberían adaptar su novela al cine. Su estilo me resultó tremendamente cinematográfico y a la vez crudamente realista. Una extraña mezcla, muy alejada de los estereotipos dominantes en toda esa literatura ligera de consumo rápido ¿no es cierto? Pero seguro que no soy el primero en decírselo».

No tengo más recuerdos de aquella noche, solo la sensación imprecisa de que alguien más se añadió de improviso a nuestra conversación. Supongo que, de algún modo dije que debía marcharme y eso fue lo que hice.

No había vuelto a pensar en él, ni en nada de todo aquello, hasta mucho después. Mucho después de que ocurriera lo de la chica.

Últimos días de Julio
NOTICIA DE SUCESOS

Desaparece una menor, de tan solo trece años, en Jávea.

La adolescente pasaba las vacaciones junto a su familia en esta localidad costera y fue vista por última vez la madrugada de pasado jueves, veintitrés de julio, tras asistir a una fiesta en la playa junto a un grupo de adolescentes de su misma edad. Desde entonces se encuentra en paradero desconocido. Según varios testigos, la menor se despidió del resto de jóvenes que le acompañaban alrededor de la una y media de la madrugada para dirigirse de vuelta al domicilio familiar. Desde ese momento han pasado cinco días sin que su familia o amigos hayan tenido noticias de su paradero.

La zona en la que fue vista por última vez es un área próxima a las primeras urbanizaciones que rodean la playa, una zona poco transitada durante la noche, pero cercana a algunos establecimientos de copas muy frecuentados por los adolescentes de su edad.

En el momento de su desaparición la joven, cuyo nombre responde a las iniciales S.D., vestía pantalones vaqueros cortos de color blanco, una camiseta sin mangas azul y zapatillas New Balance grises. Es posible que llevase una coleta. Según ha podido saber este periódico, los padres de la menor se alarmaron al comprobar que su hija no había regresado a casa a la hora habitual y denunciaron a la policía su desaparición esa misma noche. Un portavoz de la familia se ha dirigido a los medios para solicitar la colaboración ciudadana y la de los vecinos y visitantes de la zona. «Cualquiera que haya visto algo extraño o inusual aquella noche que, por favor, informe a la policía».

La familia de la menor es originaria de Madrid, aunque posee una segunda residencia en este tranquilo pueblo de la costa levantina y se encontraban pasando unos días de descanso veraniego en la localidad.

La Guardia Civil ha calificado la desaparición como «de riesgo» aunque un portavoz de la investigación ha asegurado a este medio que aún es pronto para descartar ninguna hipótesis, incluyendo la huida voluntaria. Por su parte, el Ministro del Interior ha compartido la noticia a través de un mensaje público publicado a través de la red social Twitter, en la que también apelaba a la colaboración ciudadana:

S.D. tiene solo trece años y desapareció el pasado veintitrés de julio en Jávea (provincia de Alicante) tras asistir a una fiesta en la playa junto a otros menores de su misma edad. Si sabes algo de ella o la ves, llama al 112, 091 o 062 y ayudarás a su familia.

Según los datos que constan en la denuncia policial: «La menor mide 1,61 metros, pesa 47 kilos y destaca por su pelo castaño oscuro, abundante y ondulado y un lunar, similar a un tatuaje, en el brazo derecho. También aparenta ser algo mayor de su edad real.

Se ha habilitado un número de teléfono para cualquiera que pueda aportar alguna pista sobre su paradero.

Extracto de la nota publicada seis días después de la desaparición en la sección de sucesos un periódico de tirada nacional.

Agosto
(Saúl Oliver)

Escuché hablar por primera vez de la desaparición de la chica el mediodía de un lunes de verano de una semana cualquiera. Ahora sé qué fue el mediodía de un día de la primera semana de agosto, aunque entonces la fecha exacta del calendario carecía de importancia. Era uno de esos días de verano cargados con un aire espeso y viciado y la vista de la calle desde el pequeño balcón de mi apartamento resultaba sucia y cargada. Llevaba varios días encerrado en casa, desconectado del mundo, bebiendo más de la cuenta y lamentándome del mismo modo, casi siempre sobre el sillón del estrecho salón, con las persianas casi totalmente bajadas y el aire acondicionado funcionando a pleno rendimiento. Esforzándome hasta la extenuación por buscar excusas para explicar el hecho de que no había vuelto a escribir una línea en casi año y medio.

Estaba sentado frente a un plato frío de pollo cuando la fotografía de la chica abrió la portada del telediario:

Casi dos semanas después continúa la búsqueda de la joven de tan solo trece años desaparecida la madrugada del pasado jueves veintitrés de julio en la localidad alicantina de Jávea.

La menor fue vista por última vez la madrugada del veintitrés de julio durante una fiesta celebrada en una playa de los alrededores de la localidad, a la que había acudido junto a otros menores de su misma

Los de la tele mostraban fotografías en bucle de la menor. Apenas una niña. Ojos castaños y sonrisa. Nada que no hubiera visto docenas de veces antes. Dejé el pollo a un lado. Apagué la tele. Fui hasta mi mesa de trabajo, la despejé como pude, me serví un güisqui con hielo, el segundo del día, y me puse a escribir. Escribí con dificultad algunas ideas deslavazadas que pretendían convertirse en un argumento, nada reseñable en realidad y no volví a pensar en la chica.

Un par de días más tarde recibí una llamada. Estaba tumbado sobre la cama con la esperanza de tranquilizarme tras otra noche de insomnio cuando el teléfono comenzó a sonar con insistencia. Tardé un rato en responder. Cuando lo hice escuché la voz aguardentosa de mi agente al otro lado:

Dijo que había recibido un paquete a mi nombre en la agencia.

—Alguien lo ha dejado sobre el felpudo de la entrada. Joan lo ha encontrado esta mañana cuando ha llegado a trabajar. Lleva escrito tu nombre. El portero dice que no sabe cómo ha llegado hasta allí. No te habría llamado solo por esto, pero iba acompañado de un sobre con una nota manuscrita: «Entregar urgente y en persona. Es cuestión de vida o muerte. No es ninguna broma»... Nada excesivamente novedoso o inquietante, excepto quizá por el «No es una broma». Y he pensado que podría ser importante.

Le dije que lo guardara.

—Ya pasaré a recogerlo.

—Si lo prefieres puedo enviártelo con un mensajero.

—De acuerdo, como quieras.

Lo único que quería era colgar. Lula continuó hablando de todos modos.

—... Deberíamos vernos ¿Qué te parece? Hace tiempo que no almorzamos juntos. Quizá te vendría bien tomar el aire. Tengo que ir a Madrid de todos modos. Quizá podríamos ir a uno de esos sitios nuevos que han abierto junto al parque y retomar algunos temas pendientes... Tal vez podría echar un vistazo a lo que estás escribiendo... Sin inmiscuirme... Solo una charla sin más... Además, ya sabes que hay un par de entrevistas en medios que no puedo seguir retrasando eternamente...

—Sí... Te avisaré cuando esté preparado... Lo siento... No me está resultando sencillo concentrarme últimamente.

—Claro, no quiero presionarte... Lo más importante ahora es que puedas relajarte, ya volverás a escribir... Es solo un proceso. Sabes dónde estoy si necesitas algo.

Esperó que respondiera algo más pero no lo hice. Todavía me sentía algo mareado por la falta de sueño. Cargado de electricidad estática y espeso. Esperaba poder colgar. Quizá darme una ducha fría, tomarme un Lexatin y dormir treinta y seis horas seguidas.

—¿Seguro que te encuentras bien?

—Sí.

—De acuerdo.

Por supuesto no podía saber que esa llamada era el principio de una serie de acontecimientos que trastocarían para siempre mi ya trastocada vida. Colgamos después de eso.

S.D.
Si te portas bien

¿QUIÉN ES ESTA GENTE?

No te muevas. No te muevas. No tiene por qué pasarte nada. Schsssss. No te muevas. ¿Me escuchas? ¿Puedes escucharme? No me obligues a hacerte daño. ¿Ves esta navaja? Puedo utilizarla. Puedo utilizarla en cualquier parte de tu cuerpo. ¿Te han hecho cosas antes? Seguro que así no. No cierres los ojos. Mírame hasta que yo te diga. Vamos a estar aquí juntos. Mucho rato. Mucho rato. Puedes gritar lo que quieras. Grita. Grita si quieres: te garantizo que si gritas será mucho peor.

NO. POR FAVOR.

CASO 1
La desaparición de los tres hermanos Beaumont
Adelaida, sur de Australia
1966

El veintiséis de enero de mil novecientos sesenta y seis Jane, Anna y Grant Beaumont, de nueve, siete y cuatro años, respectivamente, salieron de su casa en dirección a la playa para participar en las festividades del Día Nacional de Australia.

Hasta aquel día los tres hermanos vivían junto a sus padres, Jim y Nancy Beaumont, en una casa amplia en el número 109 de la calle Harding, junto a Somerton Park, un suburbio de Adelaida, situado a poca distancia de la playa de Glenelg. Junto a la playa había (todavía hay) un conocido balneario, y aquella era una zona que los niños frecuentaban a menudo para bañarse.

Aquel veintiséis de enero concreto los tres hermanos Beaumont abandonaron juntos la casa familiar y subieron al autobús que paraba junto a su domicilio para recorrer los cinco minutos que habrían de llevarlos hasta aquella playa. Los tres habían hecho el mismo viaje muchas veces antes. Sus progenitores consideraban que Jane, la mayor, de los tres, era ya lo bastante responsable como para hacerse cargo de sus dos hermanos menores. Estaban en mitad de los años sesenta y en aquella época Adelaida era un lugar extremadamente tranquilo y no había motivo aparente para que los padres se preocupasen de vigilar de cerca a sus hijos.

Aquella mañana los hermanos dejaron su casa sobre las diez, cargando con sus toallas de playa, con la intención de regresar sobre las dos del mediodía para el almuerzo, pero nunca lo hicieron.

Tras las primeras horas de espera infructuosa, alrededor de las siete y media de aquella tarde sus padres, inquietos y alertados por la ausencia de sus tres hijos llamaron a la policía. Entonces fue cuando todo dio comienzo.

Durante las horas y días siguientes se organizaron distintos dispositivos y se realizó una intensa búsqueda por la zona de la desaparición y los alrededores, pero los tres hermanos siguieron sin aparecer. No aparecieron tampoco en las semanas siguientes.

Muy pronto el caso saltó las fronteras de Adelaida y llegó a las portadas de la prensa nacional conmocionando a todo el país. Que no hubiera rastro de los muchachos resultaba incomprensible. Tres hermanos de tan corta edad no podían haberse evaporado sin más. El caso tomó tal relevancia y generó tal conmoción que pronto se produjeron los primeros avistamientos y comenzaron a llegar pistas falsas que confundieron a la policía. También hubo algunos testimonios de ciudadanos corrientes que se consideraron fiables y sirvieron como punto de partida a los investigadores.

Los datos más sorprendentes relacionados con la desaparición tuvieron que ver con la propia presencia de los niños en aquella playa concreta el mismo día en que se les perdió la pista. Todavía hoy los datos disponibles sobre la investigación de la época revelan que la policía se entrevistó con varios testigos que afirmaban sin titubeos haber visto a los niños jugando tranquilos aquel día cerca del mar, sobre las doce del mediodía, en la playa de Glenelg. Algunos de aquellos testigos afirmaron entonces que, junto a los niños, habían visto también a un hombre alto, rubio, y de tez bronceada, de unos treinta años de edad, que parecía encontrarse al cargo de los tres hermanos. Al parecer el hombre interactuaba con los tres hermanos y se dirigía a ellos con total familiaridad, por lo que su presencia junto a los chicos no levantó ninguna sospecha.

Adicionalmente, un comerciante de la zona informó a los agentes de policía que la mayor de los tres hermanos, Jane, había entrado a comprar pastelitos dulces y un pastel de carne en su tienda. El hombre explicó que pagó todo aquello con un billete de un dólar y que no hubo nada extraño o preocupante en su comportamiento. No tuvo dudas de que se trataba de Jane Beaumont, puesto que había visto a la niña en muchas ocasiones antes de aquel día y estaba seguro de que se trataba de la misma cría por lo que la reconoció sin dudarlo. Al ser informada de este hecho en concreto la madre de los niños declaró a aquellos mismos agentes que aquella mañana sus hijos solo llevaban monedas suficientes para el autobús y la comida y que ni ella ni su marido les habían dado ningún billete, por lo que no pudo explicarse, ni explicarles, de dónde había sacado su hija mayor aquel dinero.

La investigación policial también recoge un último dato inquietante, según el cual los tres hermanos fueron vistos caminando juntos por última vez sobre las tres de aquella misma tarde por una calle cercana a la playa, solos, aparentemente en dirección a su casa. Este avistamiento fue corroborado por quien se consideró como el *último testigo fiable*. Un empleado del servicio postal de la zona que aseguraba sin titubeos haber visto a los tres hermanos en dicha ubicación y a esa hora aproximada. Al igual que había ocurrido con el tendero de la tienda de comestibles, el hombre también afirmó haber reconocido a los tres hermanos sin lugar a dudas, ya que conocía bien a los niños y había coincidido con ellos en muchas ocasiones anteriores, por lo que su declaración también fue considerada como válida por la policía.

Durante las primeras conversaciones ante los agentes de policía y los investigadores del estado de Adelaida, el señor y la señora Beaumont describieron a sus hijos, particularmente a Jane, la mayor, como unos niños tímidos y reservados, poco propensos a saltarse las normas o relacionarse con extraños. Para ellos, la posibilidad de que jugaran en la playa con tanta confianza con un desconocido, y más aún que lo hicieran con total despreocupación y a la vista de cualquiera, parecía un hecho fuera de lugar y poco propio de su carácter. Las teorías policiales se decantaron entonces por la hipótesis de que los niños hubieran conocido al hombre durante alguna de sus visitas anteriores a la playa de Glenelg y que, durante ese tiempo, hubieran comenzado una relación que les hubiera hecho confiar en él antes de aquel día. Esta hipótesis se apoyó, sobre todo, en un comentario casual que la madre de los niños recordó después de la desaparición de sus hijos. En concreto, la señora Beaumont declaró que en una ocasión reciente, su hija Anna le había dicho que Jane tenía «un novio en la playa». La señora Beaumont pensó entonces que se refería a una compañera imaginaria de juegos y no le dio la menor importancia. Sin embargo aquel comentario en apariencia banal, se convirtió en una posible amenaza tiempo después de producirse la desaparición de los niños.

Durante meses la policía trató de encontrar a los chicos sin éxito, en un despliegue sin precedentes en todo el país. Entre las declaraciones adicionales que pudieron recopilar en aquella época destaca sobre el resto el testimonio de una mujer de mediana edad que se presentó ante la policía e informo que, la noche de la desaparición, un hombre, acompañado de dos niñas y un niño, entró en una casa vecina a la suya que se encontraba vacía. Según este mismo testimonio, horas más tarde la misma mujer pudo ver a un niño caminando solo a lo largo de una estrecha carretera donde fue perseguido y atrapado por el hombre. La mujer se sorprendió al ver aquella imagen, que le pareció en cierto modo inquietante, aunque no lo bastante como para avisar a su marido o dar la voz de alarma en aquel preciso momento. Aún así declaró que su sorpresa inicial fue aún mayor cuando a la mañana siguiente comprobó que la casa en cuestión parecía estar desierta de nuevo. «Como si aquellos extraños nunca hubieran estado allí». La mujer declaró que, después de eso no volvió a ver al hombre ni a los niños y tampoco pudo precisar qué aspecto tenían, ni aportar ninguna otra pista relevante. «Solo los vi aquella noche y luego se desvanecieron». La policía no pudo establecer con certeza por qué la mujer no había proporcionado aquella información antes, pero tampoco pudo comprobar que mintiera. En cualquier caso se organizó un registro minucioso de la propiedad que fue revisada varias veces de arriba abajo sin que se encontrara ninguna pista ni dato relevante para la investigación.

Un aspecto especialmente curioso del caso fue que la policía pudo determinar que aquella mañana, entre los tres niños, portaban unos diecisiete artículos individuales en total, incluyendo su ropa, las toallas de playa, dos bolsas con artículos de juego que no se pudieron precisar y otros enseres personales. Sin embargo, ninguno de aquellos objetos fue encontrado nunca.

Dada la repercusión del caso, durante los meses siguientes se produjeron más avistamientos de los niños en distintos puntos del país, pero, al igual que había ocurrido en todas las ocasiones anteriores, todos ellos resultaron ser inconsistentes.

Mientras tanto el caso de la desaparición de los tres hermanos Beaumont no dejó de ganar notoriedad. De hecho, el suceso generó un cambio de conducta generalizada en las familias australianas en lo relativo al estilo de vida, y en particular, a las medidas de vigilancia sobre sus hijos menores. A partir de entonces los padres comenzaron a ser conscientes de que no se podía seguir suponiendo que sus hijos estarían seguros y a salvo jugando o paseando solos en la calle, como lo habían estado hasta entonces.

El ocho de noviembre de mil novecientos sesenta y seis, casi un año después de la desaparición de los tres niños, Gerard Croiset, un parapsicólogo de los Países Bajos que había alcanzado cierta fama mediática gracias a supuestas dotes adivinatorias, fue llevado a Australia en medio de una enorme expectación, con la expectativa de que gracias a sus capacidades especiales pudiera arrojar alguna pista sobre el paradero de los tres hermanos. Después de ser conducido hasta la playa donde los tres hermanos habían sido vistos por última vez, y a la casa familiar de los Beaumont, el vidente afirmó tener claras nociones de que los niños se encontraban enterrados en algún lugar oculto de un almacén abandonado, cerca de la casa familiar (se daba la circunstancia adicional de que, en la fecha de la desaparición de los chicos, dicho lugar se encontraba en plena construcción, por lo que la policía valoró esta afirmación como una hipótesis posible). Concretamente, el señor Croiset afirmó que los cuerpos de los tres hermanos estaban enterrados bajo el hormigón nuevo, dentro de los restos de un antiguo horno de ladrillos. Los propietarios del inmueble se mostraron en un primer momento reacios a excavar sobre la base de una hipótesis tan poco convencional, pero finalmente cedieron ante la presión social y consintieron en demoler el edificio para buscar a los niños. Sin embargo, bajo los cimientos del edificio, no se encontraron pruebas de ningún tipo, ni rastro alguno de los tres hermanos y el señor Croiset no fue capaz de *vislumbrar* más información que ayudara en la resolución del caso.

En noviembre de dos mil trece, más de cuarenta años después de la desaparición, una fábrica en North Plympton fue excavada después de que otro anónimo deslizase a través de una llamada telefónica a la policía, una nueva pista sobre los niños Beaumont que la policía tomó como probable. Al parecer un radar de penetración en el suelo encontró «una pequeña anomalía, que podía indicar movimiento u objetos dentro del suelo». Sin embargo, tras varias jornadas de búsqueda la excavación no encontró evidencias adicionales y las investigaciones en el lugar fueron de nuevo cerradas.

El diecinueve de enero de dos mil dieciséis, cincuenta años después de los hechos, la policía de Australia del Sur siguió el rastro de otra pista de la desaparición de los niños Beaumont. El desencadenante fue otra llamada telefónica anónima. En aquella ocasión una voz señalaba a un posible nuevo sospechoso del caso. La persona que realizaba la llamada afirmaba tener pruebas concluyentes sobre la identidad del autor del secuestro y la desaparición de los tres hermanos cinco décadas atrás. Los agentes que analizaron los datos proporcionados consideraron que aquel extraño testimonio podía tener alguna consistencia debido a que durante la conversación telefónica se revelaron ciertos detalles poco conocidos del caso que habían sido voluntariamente ocultados a la opinión pública. Sin embargo, las nuevas pesquisas tampoco dieron resultados entonces y el caso continuó abierto.

A pesar de haber transcurrido varias décadas desde los hechos, la policía del estado de Adelaida continúa investigando a día de hoy posibles pistas que puedan conducir hasta el paradero de los tres hermanos. Tan solo en los dos últimos años se han recibido más de ciento cincuenta llamadas relacionadas con la desaparición de los niños Beaumont, procedentes de distintos lugares del país. Concienzudamente, las autoridades continúan evaluando cada una de esas llamadas por si alguna de ellas arrojase una pista fiable.

Por su parte, los señores Beaumont han continuado viviendo en la misma casa familiar de Somerton durante todo este tiempo. La señora Beaumont declaró recientemente en una entrevista ante los medios de comunicación locales, que la razón de que hubieran seguido viviendo en el mismo lugar durante todo ese tiempo era que, tanto ella como su esposo, aún mantenían viva la esperanza de reencontrarse con sus hijos algún día: «Sería terrible si los niños volvieran a casa y no encontraran a sus padres esperándoles».

Actualmente, cincuenta y dos años después de la desaparición de sus tres hijos, Jim y Nancy Beaumont tienen noventa y noventa y dos años, respectivamente.

(Saúl Oliver)
8 de agosto

Me despiertan de golpe un par de timbrazos. Tengo la difusa sensación de haber estado soñando con cabras y una especie de laberinto estrecho y chirriante de paredes gelatinosas. Consigo levantarme a trompicones. Todavía arrastro los efectos del Zolpidem que tomé anoche a alguna hora indeterminada, pero, de algún modo, consigo llegar hasta la puerta. El timbre vuelve a sonar con insistencia. Abro. Estoy despeinado y descalzo. Al otro lado hay un tipo observándome, con los ojos abiertos de par en par. Un cabrón ansioso que no entiende mi angustia. Gorra roja, pantalones colgando por debajo de la goma de los calzoncillos, una camiseta que parece sucia y desgastada de Los Ramones y un montón de tatuajes en los brazos. No sé cómo ha llegado hasta el rellano, pero lleva un paquete entre las manos.

—¿Saúl Oliver?

—Sí

—Me envía la agencia

Me tiende el bulto que es más bien una caja de cartón de tamaño mediano y enseguida me muestra un papel que tiene el aspecto de un albarán de entrega y me dice que debo rellenar con mis datos. Recuerdo vagamente mi conversación con Lula de hace un par de días. *Ha llegado un paquete. Lleva tu nombre.*

—Necesito que firme aquí.

Ante mi lentitud de reflejos alarga el brazo para dejarme un bolígrafo. Lo cojo y consigo estampar mi firma sobre el papel arrugado. El tipo me da las gracias y me tiende definitivamente el bulto. Me resulta extrañamente ligero. Se lleva la mano a la gorra en un gesto que me sorprende un poco.

—... Siento haber insistido con el timbre. Me han dicho que era importante...

—Sí... no importa, gracias.

Asiente tocándose ligeramente la gorra de nuevo y después da media vuelta en dirección al ascensor, haciéndome sentir culpable por haberle juzgado precipitadamente. Cierro de nuevo la puerta y vuelvo a la cama. Dejo el paquete sobre la misma silla en la que descansa amontonada mi ropa sucia y hundo la cabeza en la almohada. Me quedo un buen rato así, en la misma incómoda postura, sintiendo cómo el cuello se me retuerce un poco. No consigo recordar con claridad qué hice ayer. Fuera, el ruido que produce el trasiego de tráfico del verano resulta llevadero. Siento pesado el cuerpo y áspera la garganta. No sé cuántas semanas hace que apenas salgo de casa, a excepción de mis escapadas puntuales al supermercado de la esquina para aprovisionarme con lo justo, pero supongo que no puedo continuar así durante mucho más tiempo. «Hacer un pequeño gesto doméstico, después otro. Recuperar la inercia». Cojo el móvil de mi mesilla y echo un vistazo a los mensajes pendientes. Tengo tres llamadas perdidas de Lula, todas de ayer. Hay también otra llamada perdida de un número desconocido que me ha dejado un mensaje de voz. Lo escucho. Resulta ser de una periodista interesada en entrevistarme para la sección cultural de un periódico dominical. Una voz suave y sensata:

«Soy yo de nuevo, Mar Gómez de la Revista *FOCO*. Le he dejado varios mensajes. Estamos muy interesados en hacer una semblanza con su obra y la de otros dos escritores de éxito menores de cuarenta años para nuestro número de julio. Necesitaríamos hacerle una entrevista y citarle para una sesión fotográfica. Podemos adaptarnos a su disponibilidad. Puede ponerse en contacto conmigo a través de este número. No obstante volveré a contactar con su agente y trataré de localizarle más tarde. Muchas gracias».

Hay otros dos mensajes más de Lucía : «Te echo de menos. Sé lo que estarás pensando... Te prometí que no te llamaría. No pensaba hacerlo. Me estoy esforzando. Quizá no lo creas, pero a veces me cuesta mucho trabajo ¿sabes? Mi terapeuta dice que sería bueno que tuviéramos una larga conversación para poner en orden las cosas. Solo hablar. Sin ningún reproche. Una especie de terapia conjunta que me ayude entender en qué te he fallado. Bueno, eso no lo dijo, creo que le disgustaría bastante que utilizase esa expresión... pero es así como me siento... En cualquier caso ella también cree que deberíamos tener una conversación... Está convencida que produciría un efecto positivo en mi estado general y que me ayudaría a liberarme, en parte, de mi ansiedad interna... ¿Puedes creerlo? Ansiedad interna. Nunca había tenido ansiedad... Ya sé que no es justo, pero dice que sería bueno para los dos. Siempre que estés preparado. No tienes por qué hacerlo si no quieres... aunque creo que me lo debes en cierta manera... No quería decir que me lo debas... No es la palabra justa... Lo siento... No sé, quizá no debería haberte llamado. Lo siento mucho... Algunas veces no sé lo que tengo que hacer». Después de eso el mensaje se interrumpe de forma abrupta y vuelve el silencio.

Aparto el teléfono. Ni siquiera tengo fuerzas suficientes como para sentirme culpable, aunque me cuesta un poco reponerme a su tono de voz, extrañamente cercano y todavía familiar.

Me levanto de la cama. Voy a la cocina y preparo algo mezclando sin criterio restos precocinados que guardo en la nevera desde hace varios días. Escojo medio filete ruso, los canelones de pollo y la sopa tailandesa que encargué en un restaurante del barrio el viernes pasado. Después abro una cerveza fría y vuelvo al salón para sentarme frente al televisor. Intento olvidar la llamada de Lucía y mis asuntos pendientes. Durante un rato navego catódicamente yendo de los canales de series a los de deportes como si ese mero gesto de pulsar los botones del mando a distancia fuera una bocanada de libertad. Los reportajes se suceden en bucle sin ningún sentido, hasta que encuentro lo que parece un documental sobre los primeros años de Donald Trump en un canal de pago. Decido centrarme en eso mientras sigo con la sopa, que está casi fría y sabe un poco más amarga de lo que debería. Durante un rato me sumerjo con desgana en los años del Nueva York de los ochenta. Un joven y ambicioso Trump da sus primeros pasos en la manipulación de masas de la mano del «diablo» Roy Cohn, su abogado y asesor de confianza. Trump parece tener claro su futuro. «Si no consigo lo que quiero entonces solo tengo que esperar a que lleguen los malos tiempos para conseguirlo». Contemplo hipnotizado el rostro contrahecho del tal Cohn, que parece cincelado por el mismo diablo. «Cuando alguien te haga daño, devuélveselo con creces». Y es entonces cuando, por alguna clase de asociación inconsciente, recuerdo el paquete que llegó esta mañana.

Dejo a un lado el plato con la sopa recalentada y voy hasta mi cuarto. El paquete sigue exactamente donde lo dejé. Sobre la misma silla de la ropa sucia. Lo cojo y vuelvo al salón. Me siento de nuevo frente al televisor mientras me deshago de la cinta de embalar que bordea el cartón. En la televisión las imágenes siguen mostrando a un Trump desafiante en la azotea de uno de esos edificios interminables de Nueva York. Cristal y vértigo, y montones de dinero despilfarrados. Pero ya he dejado de prestarle atención. Lo primero que veo cuando consigo llegar al interior del paquete es un sobre pequeño, blanco y alargado con mi nombre escrito a máquina en uno de los lados. Recibo una repentina impresión de pulcritud. Lo abro despacio. Entonces es cuando cae al suelo la primera fotografía. Por alguna razón me fijo primero en la fecha que hay escrita en la esquina inferior izquierda de la imagen. El trazo es negro y grueso:

9-4-93

Trump sonríe triunfante desde el televisor envuelto en un abrigo caro.

Mi vista vuelve a la fotografía y se clava casi por inercia en la pequeña mochila. Roja y azul. Apoyada sobre sus pequeños hombros. Me parecen más pequeños de lo que me lo parecían entonces. Me fijo instintivamente en su pelo. Castaño y encrespado, muy corto. Reconozco al instante el perfil infantil. Siento que algo está a punto de sacudirme.

Para entonces ya soy incapaz de sujetar mi cuerpo. Es como si un puñal grueso estuviera atravesando lentamente mi espalda.

«Entregar urgente y en persona. Es cuestión de vida o muerte. No es ninguna broma»

Tengo la impresión de escuchar con nitidez mi nombre a mis espaldas.

Saúl.

Y más o menos entonces es cuando pierdo el conocimiento.

No sé con exactitud qué hora es cuando vuelvo a abrir los ojos, pero aún tardo un rato en volver a moverme y mucho más en tocar de nuevo el paquete, que ahora está medio abierto sobre el suelo, exactamente igual que lo dejé, solo que ahora se ha vuelto tan amenazante como para arrojarme a un estado de paroxismo. Siento calambres por todo el cuerpo y la lengua pastosa. Alargo el brazo que me duele al hacerlo, como si hubiese estado atrapado en un agujero estrecho, hasta que consigo rozar con la yema de los dedos la fotografía y cerciorarme de que no ha sido un sueño. Vuelvo a fijarme en la fecha:

9-4-93

No consigo entender qué está pasando. Pienso en llamar a la policía, *Pero ¿qué voy a decirles exactamente?* Voy al cuarto de baño y me refresco la cara varias veces. Siento como si esto no estuviera pasando. Tal vez es solo que por fin he perdido la cabeza. El sudor me empapa la espalda y las palmas de las manos. Después entro en la cocina con el cuello aún chorreando, abro la primera botella que encuentro y me sirvo un vaso. Cuando consigo tranquilizarme un poco vuelvo al salón. La fotografía continúa sobre el suelo. Y a un lado, un segundo sobre plano, exactamente igual al primero, sigue cerrado.

Recuerdo las palabras de Lula en mi contestador.

—*Ha llegado un paquete a tu nombre... No tiene remitente.*

Abro despacio el segundo sobre blanco y extraigo una hoja doblada del interior poniendo mucho cuidado en no rasgar el papel. La desdoblo con cuidado. Puedo escuchar cómo el corazón me zumba en el interior del pecho. No es más que un folio corriente. En mitad del folio hay escritas unas líneas en lo que me parece el rastro de una máquina de escribir. El texto dice exactamente:

Charles Manson dijo una vez:
«Soy muy mezquino. Soy muy mal hombre. Sucio. Estoy en la plaza de toros. No juego. Disparo a la gente. Soy un forajido. Soy todo lo malo».

Además de eso, en el interior del sobre hay una segunda fotografía del mismo tamaño que la anterior. Cae al suelo cuando extraigo el papel doblado. Esta vez es la imagen de una chica. Tardo un poco en distinguir el rostro que me resulta ligeramente familiar. Apenas una cría. Menuda y morena. Lleva el pelo suelto y lo que parece una toalla de playa apoyada sobre su hombro derecho. La foto es muy nítida y está llena de luz. La cría no mira a la cámara ni parece ser consciente de estar siendo fotografiada. En la esquina inferior izquierda de la imagen hay escrita otra fecha con trazo grueso, exactamente igual que en la primera fotografía. Leo:

21-7-18

Recuerdo de pronto, como en un fogonazo la imagen del telediario. Mi cabeza se dispara: «Continúa la búsqueda de la joven desaparecida la noche del pasado jueves, veintitrés de julio, en Jávea».

Y es en ese preciso instante cuando todo lo que tiene que ver con el desmembramiento interno, y con un miedo cerval que me hace encogerme, se apodera de mí, como un viento violento.

S.D.
Poner las cosas en orden

Piensa. Estaba en la calle y había luz. Estaba en la calle y, aún no había luz. Recuerdo fijarme. Mis pisadas en el suelo. «Intenta pensar». «No cierres los ojos». Notaba el viento. Hasta que el empujón me tiró al suelo. Así empezó.

Noté la grava en la cara escociendo primero y luego cómo me agarraban con fuerza hasta arrastrarme dentro.

No sé cuánto tiempo llevo aquí.

No entiendo qué está pasando. No entiendo por qué está pasando. He dejado de gritar. No tengo más fuerzas. No tengo ideas para poder pensar. Hay una pared con dibujos extraños. No sé si son dibujos en realidad. No sé dónde estoy. No veo nada más que la habitación. Es como si mi cabeza se hubiera quedado vacía y estuviese ardiendo y mi cerebro se hubiera dado la vuelta.

Voy a reventar por dentro. Quiero despertar y que todo esto no esté pasando. Quiero volver a mi cuarto.

¿Por qué me estás haciendo esto?

Mamá. ¿Por qué me están haciendo esto?

¿Por qué me están haciendo esto?

Todo está mal. No puedo más. No puedo soportarlo más. Quiero soltarme. Quiero salir. Tengo sangre en la garganta. Quiero morir. Lo que sea. Salir de este agujero. Que nada vuelva a tocarme. Quiero morir.

Quiero morir.

Por favor.
La piel me arde. Oigo algo. Otra vez.
¡No¡ ¡Mamá!

(Saúl Oliver)
9 de agosto

Paso las siguientes horas exhausto. Sentado sobre el suelo del salón. Escuchando el sonido del exterior y tratando de entender lo que está ocurriendo. Creo que fuera está amaneciendo. Vuelvo a las fotografías. Siento picores y espasmos. No tengo apetito y creo que no como durante horas, aunque siento náuseas. Tengo la impresión de tener entre las manos algo incendiario y violento que en cualquier momento puede estallar. Creo que tengo fiebre. A mi alrededor mis cosas, ordenadas en estanterías que ahora parecen pretenciosamente ridículas, parecen atacarme y todo me resulta angosto, claustrofóbico y brillante. Como si estuviera en mitad de un festín de drogas alucinógenas. Valoro la posibilidad de estar volviéndome loco. Estoy decidido a no acudir a la policía, al menos de momento. No hasta que entienda qué significa todo esto, pero no se me ocurren muchas otras alternativas. Intento tranquilizarme y, de algún modo, agarro el teléfono y marco un par de veces el número de Lucía, con la esperanza de que la voz de otro ser humano me ayude a volver a la realidad, pero cuelgo al escucharle hablar al otro lado, incapaz de articular una sola palabra.

—¿Saúl...? Sé que eres tú... ¿Saúl...? ¿Estás bien...? De acuerdo, solo dime qué te pasa.

Finalmente entro en el lavabo, abro el frasco de las pastillas que utilizo para provocar el sueño cuando siento que colapso, trago un par de golpe y me tumbo sobre el colchón de mi cama deshecha hasta que consigo quedarme dormido.

Cuando vuelvo a abrir los ojos las fotos y el sobre blanco con la nota de Charles Manson siguen ahí. Comprendo que necesito ordenar mis pensamientos. Dar alguna clase de paso en alguna dirección. Voy al retrete, me mojo la cara y la nuca con agua fría y vuelvo al salón. Estoy descalzo y tengo los pies sudorosos. Necesito la ayuda de alguien. Despejo de papeles mi mesa de trabajo y enciendo el ordenador. Hago hueco arrojando todo al suelo. Espero unos segundos hasta que cargo el buscador de Google. Tecleo «desapariciones de menores», «niños desaparecidos», «desapariciones recientes de niños», «desapariciones de niños por resolver» y otros términos similares. Lo he hecho muchas veces antes y sé donde dirigirme. Encuentro docenas de artículos, noticias y programas de radio y televisión que ya he consultado muchas veces antes. Tras un par de horas frente a la pantalla revisando las ultimas actualizaciones de diversos foros enfocados a destapar conspiraciones ocultas, doy con un par de documentales que no había visto antes. En uno de ellos, encuentro el fragmento de un video casero que despierta mi interés. Está grabado con muy mala calidad durante lo que se presenta como una conferencia sobre perfiles criminales en lo que parece el Aula Magna de alguna Universidad. Me llama la atención la intervención de un sujeto concreto al que recuerdo vagamente haber visto antes. El faldón le identifica como criminólogo, investigador y periodista. No tiene aspecto de nada de eso en realidad. Anoto su nombre en un trozo de papel. A.G. Sentinel. Voy a la cocina y preparo algo frío. Cuando vuelvo al ordenador trato de contrastar lo que puedo sobre su trayectoria en el resto de referencias disponibles. Lo que encuentro resulta coherente. Sociólogo y Periodista, se presenta a sí mismo como *investigador* y *cuestionador* de verdades oficiales. Me siento otro rato y pienso. Encuentro más artículos suyos. Crónicas de sucesos firmadas por él que hacen referencia a casos irresueltos, casi todos de adolescentes desaparecidas sin dejar rastro. Escucho su voz pausada y un punto ronca en otro par de entrevistas radiofónicas en emisoras locales y dos programas antiguos de televisión.

Trato de sacar algo en claro cuando me saca de mi concentración el sonido del teléfono. Respondo de manera instintiva. Nada más contestar reconozco al otro lado la voz familiar de Lula.

—Saúl... no cuelgues... Creí que contestarías... No estaba segura de que estuvieras despierto...

—¿Qué hora es?

—Algo más de las doce.

Dice que se alegra de escucharme y que espera no molestarme.

—Espero que no estuvieras escribiendo.

Tengo la impresión de que ya hemos tenido esta conversación, pero no puedo estar del todo seguro. Ella dice algo más, pero no le presto atención. En realidad le interrumpo casi de inmediato para preguntarle si sabe quién dejó el paquete a mi nombre en la agencia.

—¿Qué paquete...?

—El paquete que me enviaste con un mensajero ayer. Es muy importante.

Parece distraída.

—No, ya te lo dije, lo dejaron sobre el felpudo... Solo llevaba escrito tu nombre y esa nota. ¿Por qué? ¿Es importante?

—¿No sabes quién lo envió? ¿Estás segura?

—Sí... ¿Qué te pasa?

—Nada.

Hay un silencio corto después de eso que Lula aprovecha para recordarme que me ha llamado por una razón. Esta tarde tengo que acudir a una entrevista en una cafetería *muy de moda* del centro para hablar de mi novela. Por eso ha llamado. *No puedes faltar.*

—La confirmamos hace meses ¿recuerdas?

Lo había olvidado por completo.

—El local estará cerrado solo para ti. Habrá una periodista, una maquilladora y algún fotógrafo de la revista. Solo tienes que presentarte y responder unas cuantas preguntas. Todo está organizado. Será cuestión de una hora, un par como máximo. Intenta relajarte. Muéstrate como eres. Podrás hacerlo.

Escucho su voz mientras habla, pero apenas soy capaz de mantener apartada la vista de la pantalla de mi ordenador. Le explico que necesito que me preste toda su atención.

—... Esto es muy importante. Más importante que cualquier otra cosa que te haya pedido nunca. Tienes que ayudarme. Tengo que localizar a alguien.

Ella sigue hablando de cosas que no me interesan.

—¿Has oído lo que te he dicho? Esta vez no puedes fallar. Confirmamos tu presencia hace casi tres meses. Van a sacarte en el suplemento dominical. Te han reservado la primera portada del otoño. Ya lo he confirmado. Eres portada en papel y en versión digital. Una entrevista completa. Cuatro páginas interiores cuidadas al detalle. Justo lo que necesitamos. Habrá un fotógrafo de la casa, creo que ya te lo he dicho... Me habría encantado poder estar allí contigo pero ya sabes que no puedo marcharme esta semana, con todo ese follón de Frankfurt. Aún faltan tres meses y ya llevamos retraso... ¿puedes creerlo? Te avisé hace un par de semanas. Lo recuerdas, ¿verdad...? Es el empujón que necesitamos en este momento, nos ayudará a generar expectación sobre tu siguiente novela. Conseguirá reconectar a tus lectores.

No habrá siguiente novela. Es lo que pienso, pero no lo digo. Lo que digo es:

—Necesito conseguir un número de teléfono, ¿puedes ayudarme? Es un asunto personal. Tengo que localizar a una persona, a un periodista en realidad... Seguro que puedes ayudarme... Tú conoces a todo el mundo... No te lo pediría si no fuera realmente importante.

—... ¿Me estás escuchando? Trata de ponerte algo luminoso, ¿de acuerdo? Tal vez vaqueros y una camisa. Algo sencillo de algún color alegre... sobre todo no vayas demasiado formal. Ya me entiendes... Y sonríe a la cámara. No demasiado. Lo suficiente para resultar interesante. Ya sabes a qué me refiero. Es igual... tú eres interesante. Simplemente ve.

Insisto en que necesito su ayuda. Lo repito un par de veces. Después de eso parece empezar a escucharme a regañadientes. Aún no entiende de qué le estoy hablando, pero finalmente accede a que me explique.

—Solo necesito un email de contacto, un teléfono o una dirección, cualquier cosa. Tienes que ayudarme. Se trata de una especie de periodista, un investigador. A.G. Sentinel ¿lo has anotado? Tú conoces a todo el mundo.

Anota a regañadientes el nombre.

—¿Podrás encargarte...? No te estaría pidiendo esto si pudiera recurrir a cualquier otra persona.

—¿Seguro que te encuentras bien? ¿Has tomado algo?

Le digo que no he tomado nada, nada por lo que deba preocuparse, pero le pido que no me haga más preguntas. Insisto un par de veces. Supongo que doy la impresión de estar perdiendo la cabeza, pero no me cuelga. No podría culparle si lo hiciera.

—Haré lo que pueda.

Es lo que dice. Después de eso insiste en que le prometa que acudiré a la entrevista.

—Sí, tienes mi palabra.

—Tienes que estar allí esta tarde, a las cinco... Te envié la dirección... Enviaré un taxi a recogerte a tu puerta. Estará allí media hora antes de la cita. Deberías apuntarlo. ¿Tienes algo donde apuntarlo?

—Sí.

—Bien, te lo recordaré de todas formas más tarde... un par de horas antes, solo por si acaso ¿de acuerdo?

—Sí... Necesito que me consigas ese contacto, por favor...

—Sí, ya te he dicho que haré lo que pueda.

—De acuerdo.

Le doy las gracias antes de colgar. Después de eso me voy a la cama. Todavía tengo la sensación de estar viviendo una especie de vigilia. Intento tranquilizarme pero puedo notar tensos todos los músculos de mi cuerpo. Durante mucho rato me quedo quieto con la mirada clavada en el techo de mi habitación tratando de no pensar. Agarro la almohada y me concentro. Me concentro con todas mis fuerzas, hasta que el agotamiento termina por vencerme y me quedo dormido.

Cuando vuelvo a abrir los ojos son más de las cinco. Tengo tres llamadas perdidas de Lula y cinco mensajes en el contestador. El taxi lleva veinte minutos esperándome en la calle. El último mensaje de texto es de hace apenas cinco minutos y contiene una dirección de correo electrónico. También ha dejado otro mensaje en el buzón de voz.

—El taxi está esperándote junto a tu portal... El conductor dice que ha llamado tres veces... No sé qué te pasa, pero esto es importante. He llamado para decirles que estás de camino. Les he dicho que has tenido un imprevisto por culpa del tráfico, pero que estarás allí en veinte minutos... Están esperándote... No sé qué estás haciendo, pero necesito que me confirmes que has leído este mensaje y que estarás allí en quince minutos. ¿Entendido? Tienes que hacer esa entrevista ¿de acuerdo?

Creo que va a colgar después de eso, pero en lugar de hacerlo dice:

—Te he enviado al correo el email que me pediste... Si necesitas algo más llámame, ¿ok? Necesito que vayas a esa entrevista. No me falles.

Prácticamente salgo de un salto de la cama, vuelvo al salón, me siento frente al ordenador, arranco el correo y copio de inmediato la dirección de email en el «para» de un mensaje nuevo. Me salto el asunto y voy directo al texto. Escribo un mensaje escueto:

«Disculpe que le escriba sin conocernos. Necesito hablar con usted. Se trata de un asunto importante. Algo relacionado con esa cría desaparecida de la que hablan las noticias, y tal vez con un caso anterior... No puedo adelantarle nada por aquí. Soy escritor. Por favor póngase en contacto conmigo. Quizá piense que estoy loco. Puedo enviarle mis referencias. No se trata de ninguna broma».

Después firmo con mi nombre y mi número de teléfono y lo envío.

Vuelvo a mi cuarto tan rápido como puedo. El ruido del tráfico en la calle llega amortiguado como filtrado por los tabiques desgastados y roñosos. Alguien discute a gritos en alguno de los apartamentos de al lado. Las oscuras rendijas de la vida doméstica. Voy al armario, me calzo unos vaqueros y una camiseta limpia que encuentro revolviendo al fondo de uno de los cajones. Echo un vistazo a mi cara en el espejo. Supongo que tengo esa clase de aspecto de alguien que no es capaz de concentrarse ni conciliar el sueño. En el lavabo me mojo un poco el pelo y me esfuerzo en sonreír. No creo que sea capaz de responder ninguna pregunta con coherencia. Confío en que esperarán eso de mí. Otro escritor pagado de sí mismo y borracho de éxito, incapaz de escribir una segunda novela decente tras un éxito inesperado y excesivo, y acostumbrado a hacerse esperar.

Recuerdo las indicaciones de Lula: *Tienes que mostrarte cercano y cordial.* Puedo imaginarme el rostro cándido y la mirada intensa de mi joven entrevistadora. Su amabilidad impostada.

«Sí, desde luego que estoy trabajando en una nueva novela... ¿Podría definirla? Me gustaría que fuera una especie de viaje, algo diferente, del tipo Miedo y asco en las Vegas, *fresca, apretujada, luminosa, tensa. Así es como la imagino».*

«No, no estoy seguro de cuándo estará completa... ¿Inspirarme? Bueno, trato de despojarme de artificios, y cuando no funciona escucho Jokerman *de forma casi enfermiza hasta que siento que me fallan las fuerzas».*

Ensayo esas frases y otras similares en mi mente confiando en que con eso resulte suficiente para agotar sus recursos y mantenerme en pie.

CASO 2
La niña que desapareció cruzando la calle
Michigan. EE.UU.
1979

Antes de morir, en mil novecientos noventa y cinco, Anna Laura King, de setenta y siete años de edad, compró dos tumbas en el cementerio de Clinton, Kentucky. La primera era para ella, la segunda, que aún permanece vacía, está reservada para su nieta, Kimberly King, desaparecida cuando solo tenía doce años.

La pequeña Kimberly desapareció un día cualquiera de mil novecientos setenta y nueve, cuando se dirigía a pasar la noche en compañía de una amiga de su misma edad, que vivía en una casa frente a la suya.

En aquel entonces Anna Laura King, todavía una joven abuela, y su marido vivían en un barrio corriente de las afueras de Warren, Michigan, como cualquier otra familia corriente sin demasiados recursos. Los hechos ocurrieron así: El quince de septiembre de mil novecientos setenta y nueve los dos abuelos se habían quedado a cargo de sus tres nietas. Una de ellas era Kimberly, de tan solo doce años. Aquella era una noche especialmente cálida, aunque el verano estaba por morir y la pequeña Kimberly había planeado dormir en casa de su amiga Annie que vivía a pocos metros de la casa de sus abuelos, en otra vivienda casi idéntica a la suya: «justo cruzando la calle».

A pesar de las reticencias iniciales de su abuela, la insistencia de la pequeña hizo que finalmente accediera con desgana a que su nieta pasase la noche en casa de su mejor amiga, de modo que, en un momento dado de la tarde, la pequeña Kimberly abandonó sonriente la casa de sus abuelos con la intención de pasar la noche en casa de su amiga Annie. Nunca llegó a su destino.

Según los datos que recoge el informe policial del caso, sobre las once y media de aquella noche la hermana de Kimberly, Konnie, recibió una llamada desde lo que le pareció reconocer como una cabina de teléfono público. Según explicó a los agentes después estaba segura de que la autora de la llamada había sido su hermana Kimberly porque pudo reconocer su voz sin ningún género de duda. En su declaración policial posterior la joven Konnie le dijo a la policía que Kimberly no desveló la razón concreta por la que llamaba, lo cual le resultó extraño, aunque sí le dijo que se encontraba en la calle, muy cerca de la casa de sus abuelos, sin ofrecer más datos. Su hermana le indicó entonces que regresara a la casa familiar o que se fuera a dormir a casa de su amiga Annie, tal como había previsto, pero que, en ningún caso, se quedase sola merodeando por ahí. Según Konnie, Kimberly no dijo nada más y colgó el teléfono después de aquello. Aquella extraña llamada fue lo último que se supo de ella.

La familia de Kimberly denunció la desaparición de la pequeña a la policía de Warren al día siguiente, una vez quedó claro que la pequeña no había pasado la noche en casa de sus vecinos, y que tampoco había regresado a casa. Dado el carácter extrovertido de la niña, su propensión a saltarse algunas reglas y la extraña llamada de la noche anterior, los investigadores sostuvieron que, muy probablemente, la menor se habría fugado de forma voluntaria, por lo que, en un primer momento, el caso no fue tratado como un secuestro sino como una huida voluntaria y apenas se destinaron recursos en localizar a la pequeña. No obstante, a pesar de la reticencia policial la familia comenzó una búsqueda incesante, especialmente sus abuelos, convencidos de que algo extraño le había ocurrido a su nieta.

Durante los meses y años siguientes Anna Laura King y el resto de miembros de la familia buscaron desesperadamente a la pequeña valiéndose de sus propios medios. Lo hicieron recorriendo las localidades cercanas a Warren, imprimiendo y pegando carteles, apareciendo en programas de la televisión y la radio locales y solicitando en todo momento la colaboración ciudadana. Ocasionalmente contaron con la ayuda del departamento de policía local y la de algunos vecinos y voluntarios, pero nunca consiguieron dar con el paradero de la pequeña Kimberly, ni con ninguna otra pista que condujese hasta ella.

2018
MACOMB TOWNSHIP
Michigan, EE.UU.
(extracto real de una noticia local)

Las autoridades reanudaron este miércoles las excavaciones en una zona boscosa al noreste de Detroit en busca de los restos de siete niñas que desaparecieron hace décadas.

Entre ellas, se presume que pudiera encontrarse la pequeña Kimberly King, desaparecida en Warren, Michigan, en septiembre de mil novecientos setenta y nueve. La búsqueda de los restos de King y del resto de menores desaparecidas comenzó el lunes a unos cincuenta kilómetros del centro de Detroit, después de que la policía interrogase a un hombre que cumple cadena perpetua por la muerte de otra niña de tan solo trece años de edad, desaparecida en mil novecientos ochenta y seis, y cuyos restos fueron hallados este mismo año, muy cerca de la zona boscosa que la policía examina minuciosamente estos días.

Esta misma semana, la policía local, asistida por el FBI, comenzó a excavar y remover tierra y matorrales en Macomb, Township, buscando los restos de Kimberly King, de doce años de edad, vista por última vez el quince de septiembre de mil novecientos setenta y nueve.

En palabras del jefe de la policía local Bill Dwyer: «Tenemos razones para creer que (Kimberly) está enterrada allí. También creemos que hay posibilidades reales de encontrar a entre otras cuatro y seis niñas que puedan estar enterradas en el mismo terreno. Se trataría de otras menores que fueron reportadas como desaparecidas por sus familias en distintas épocas y de las que, lamentablemente, no hemos podido recabar pistas fiables sobre su paradero hasta este momento. Definitivamente, estamos convencidos de que estamos en la zona correcta. Es una situación muy triste».

El funcionario no quiso revelar los nombres de las otras posibles menores desaparecidas.

A esta hora la búsqueda continúa sin que se hayan encontrado aún evidencias reseñables.

No se pierda ninguna otra historia local.

(Saúl Oliver)
9 de agosto
21:47h

Me descalzo nada más cruzar la puerta al regresar a mi apartamento y voy directo hasta la mesa que uso como escritorio, dispuesto a revisar mi correo electrónico. El salón está en penumbra y los ojos me escuecen. La entrevista ha resultado más llevadera de lo que esperaba, pero aún así me siento agotado por dentro. Un poco como si mi cuerpo hubiese sido extrañamente exprimido hasta dejarme seco y sin jugo vital.

Me dejo caer sobre la silla frente al ordenador, tratando de estirar los músculos y espero que la conexión wifi se sintonice para consultar los mensajes de la bandeja de entrada de mi correo electrónico. El proceso lleva unos cuantos segundos. Cuando por fin consigo conectar recibo una notificación en el escritorio. Tengo un solo mensaje nuevo sin leer de una dirección de correo desconocida. Lo abro. Dice:

«En relación al asunto que comenta en su email quisiera advertirle que este mensaje podría estar intervenido... No sé si está usted buscando publicidad o si se trata de alguna treta de cualquier clase. No me presto a nada turbio, se lo adelanto».

Lo releo un par de veces.

Hay un segundo mensaje. Enviado treinta y dos minutos después del primero:

«*En cualquier caso, si de verdad le interesa hablar del caso de esa joven, presuntamente desaparecida en Jávea, le propongo encontrarnos esta noche. A las doce. Espéreme en el portal que hace esquina entre la Calle Elvira y Desengaño. Vaya solo. No aceptaré ningún otro lugar ni ninguna otra cita*».

Eso es todo.

Justo un par de horas después, a las once y cuarenta y ocho, estoy apostado en la esquina de la cita, esperando encontrarme con alguien a quien nunca he visto antes con la necesidad urgente de hacerle partícipe de una situación tan inquietante como rocambolesca. Es casi media noche y me siento tan agotado que me resulta difícil mantenerme en pie. No me cuesta recordar por qué siempre he odiado esta ciudad en verano: El calor a estas horas sigue siendo pastoso y la calle rezuma un fuerte tufo a orín. Por lo demás, apenas he tenido tiempo de asearme un poco para parecer normal y llevo conmigo el paquete. Lo abrazo contra mi cuerpo tratando de mantenerlo cerca y caliente. Eso consigue tranquilizarme un poco. Supongo que he sido el primero en llegar a la cita así que decido esperar resguardado en el escalón de un portal. Puedo distinguir los dos lados de la acera gracias a las farolas de la calle que derraman su luz lechosa sobre el asfalto. Varias parejas pasan caminando calle abajo, amarradas bajo el bochorno ajenas a este olor amargo. Me siento agitado y sudoroso por dentro y, a pesar del cansancio, apenas consigo dejar de moverme. Consulto varias veces la pantalla de mi teléfono móvil y trato de arreglarme torpemente el pelo. Dos minutos antes de que el reloj marque las doce veo una sombra caminar hacia mí desde el lado opuesto de la calle. Está claro que se trata de un hombre de baja estatura. Va vestido con ropa oscura, a pesar de que la noche es calurosa y se acerca como si supiera de antemano dónde me encuentro. Cuando llega a mi altura levanta la vista y me saluda de un modo cauteloso.

—¿Saúl Oliver? ¿Es usted el del mensaje?

Asiento.

—Sí.

Casi por inercia le tiendo la mano. Me la estrecha sin el menor convencimiento. Tengo la palma sudorosa.

—Gracias por venir.

El tipo mueve ligeramente la cabeza. Su cráneo resulta especialmente prominente debido al brillo intenso de su calvicie.

—Conozco un sitio cerca de aquí en el que podemos hablar.

Es lo que dice. Después de eso me conduce caminando en silencio a través de otro par de callejuelas estrechas hasta llegar a una pequeña plazoleta sin apenas transeúntes. Una vez allí me guía hasta la puerta de un pequeño bar abierto en una esquina. En el cartel del exterior puede leerse «El Callejón», aunque la mayor parte de las letras están descoloridas y maltrechas. Atravesamos la puerta y entramos. Dentro el local resulta sorprendentemente limpio y aseado, aunque apenas está iluminado y solo dispone de unas cuantas mesas desperdigadas frente a una barra alargada. A esta hora no hay apenas clientela.

Caminamos en silencio hasta la mesa vacía más lejana. Trato de adecentarme un poco mientras me siento. El tipo ocupa una silla vacía frente a la mía. Visto de cerca y a la luz del interior del local tiene un aspecto anodino, sin enjundia, barbilla blanda, ojos semi ocultos tras una gafas de pasta y nariz inconsistente. El aspecto perfecto para pasar desapercibido. Nada más acomodarnos tengo la impresión de que va a decirme algo, pero el camarero se acerca antes de darnos tiempo a cruzar palabra.

—¿Qué les sirvo?

No tengo sed, pero de todos modos pido un güisqui solo. Él pide una cerveza sin alcohol y un vaso de agua del grifo. «Que sea fresca, por favor». Su voz resulta muy pausada. Visto de cerca parece algo más viejo que en los videos de Internet. Quizá ronde los sesenta, no sabría decirlo. Por lo demás su cara rolliza y simplona pasaría desapercibida de no ser por una mirada inquisitiva, similar a la de un animal salvaje. El camarero se marcha y nos deja. Durante un par de minutos intercambiamos un par de frases de cortesía sobre el lugar y el calor bochornoso de las últimas noches, que resulta realmente insoportable, hasta que, de pronto interrumpe la charla intrascendente y me mira directamente a los ojos.

—Bien, dígame. ¿Por qué quería contactar conmigo?

Tengo preparado un argumento. He estado pensando en ello durante toda la tarde. Le explico que soy escritor. Ya se lo adelanté en mi correo. Intuyo que se habrá informado al respecto antes de aceptar acudir a la cita, así que deduzco que es la mejor manera de romper el hielo. Supongo que necesito establecer alguna clase de conexión hasta saber en qué terreno me muevo y poderle contar la razón por la que he provocado este extraño encuentro. Le digo que estoy preparando una nueva novela y necesito documentarme en profundidad sobre un caso concreto.

—Le envié mis credenciales, supongo que las habrá comprobado. Estoy escribiendo un libro, una especie de novela de no ficción, y necesito obtener información... *Me interesa en concreto el caso de esa chica desaparecida hace unas semanas en Jávea... Seguro que sabe a quién me refiero.* Me gustaría conocer más a fondo los entresijos de la investigación policial, involucrarme de alguna manera, averiguar todo lo que sea posible sobre el caso...

El tipo me mira fijamente desde detrás de los cristales de sus gafas de pasta.

—¿Puedo preguntarle por qué?

—Ya se lo he dicho... Me ayudaría a situar con credibilidad el argumento de mi nueva novela... Quizá no lo sepa pero los escritores recurrimos con frecuencia a la ayuda de profesionales, resulta crucial documentarse para no caer en el cliché. Hace tiempo que sigo su trayectoria y pensé que tal vez usted podría ayudarme en el proceso.

Tengo la impresión de que las palabras me brotan amontonadas. El camarero vuelve con la bebida. La deja sobre la mesa como si repitiese un patrón establecido, pregunta si necesitamos algo más y luego vuelve a dejarnos solos. El tipo vuelve a clavarme la mirada con recelo:

—¿Y por qué razón le interesa ese caso en concreto?

—¿Qué quiere decir?

Se fija en el paquete que aún sujeto con fuerza con mi mano derecha. Su voz me resulta extrañamente envolvente cuando vuelve a hablar.

—¿Por qué le interesa en concreto esa cría? Es un caso muy reciente... Una investigación abierta. Aún no se sabe con certeza si se trata de una desaparición voluntaria. La menor podría haberse largado a cualquier parte por propia voluntad. Un ochenta por ciento de ese tipo de casos terminan por resolverse en pocos días... Hasta donde yo sé podría tratarse de cualquier cosa ¿Por qué le interesa ese caso concreto entonces?

Intento acomodarme en la silla, pero me cuesta expresarme con fluidez.

—Ya se lo he dicho... Estoy documentándome para una novela... Escuché en las noticias el asunto de la chica y tuve la impresión de que se trataba de algo más serio que una desaparición voluntaria... Eso es al menos lo que dicen los medios... Sigo su trayectoria hace tiempo y pensé que usted podía ser la persona correcta para ayudarme a situar la trama.

—Bueno, en ese caso, si se trata tan solo de una novela ¿Por qué razón tendría entonces tanta urgencia en verme? Podríamos haber hablado por teléfono.

Empiezo a sentirme mareado.

—... Bueno... Supongo que tuve un impulso. Leí acerca de usted, de su trabajo me refiero, y pensé que no debía dejar pasar la oportunidad...

Mi voz sigue sonando hueca y un poco evasiva. Supongo que puede notarlo. Voy a seguir hablando cuando me interrumpe.

—Oiga, déjeme aclarar algo... Si no se fía de mí ¿por qué habría de fiarme de usted?

Es lo que dice.

De repente me siento violentamente expuesto. Tanto que pienso en marcharme. *¿Qué sentido tiene todo esto de todas formas?*

El tipo continúa mirándome con fijeza. Vuelve a mirar el paquete.

El corazón me late con tanta fuerza que me cuesta un poco permanecer derecho. Me planteo la posibilidad de levantarme de la mesa sin más y largarme sin decir una sola palabra. Volver a mi apartamento. Sacudirme este bochorno interno. En media hora podría estar tumbado sobre el colchón de mi cama y tratar de aclarar mis ideas. Prepararme algo de beber y sumergirme en la oscuridad de mi cuarto. Tal vez debería hablar del asunto con Lula, o con cualquier otra persona dispuesta a perder el tiempo necesario para hacerme entender que estoy perdiendo la cabeza. En lugar de eso empiezo a hablar sin control:

—Hace un par de días recibí este paquete —es lo primero que digo—. Alguien lo había dejado previamente sobre el felpudo de la oficina de mi agente, sin ninguna clase de remitente. Llamaron para decírmelo, pero no le di la menor importancia. Suelo recibir paquetes ocasionalmente. Algunos lectores se entusiasman con mi novela, escriben notas o recopilan recortes y se los hacen llegar a la agencia para que me los hagan llegar. Cada vez son menos, pero aún sigue ocurriendo de vez en cuando. Algunos me envían regalos. Sobre todo mujeres. Generalmente son notas manuscritas. Nada significativo.

El tipo me mira ahora con toda su atención.

—... Este paquete concreto les pareció diferente al resto, no sé la razón. Lula, mi agente, llamó para decirme que me lo haría llegar con un mensajero. De eso hace un par de días. Al principio lo dejé sobre una silla sin darle la menor importancia. Cuando finalmente lo abrí encontré dentro una carta con una cita mecanografiada de Charles Manson y dos fotografías.

Hago una pausa. El tipo continúa mirándome con atención.

—¿Qué clase de fotografías?

Agarro con fuerza el paquete.

—Fotografías de dos adolescentes... Una de ellas creo que corresponde a esa chica desaparecida en Jávea.

De pronto su cara se transforma.

—¿Qué quiere decir?

—Quiero decir que es una fotografía de la chica, y parece reciente.

—¿Cómo sabe que se trata de ella?

—Ya le he dicho que he visto su cara en las noticias...

—¿Qué quiere decir con una fotografía? ¿Se refiere a una imagen de las que ha difundido la prensa?

—Quiero decir una fotografía real.

—¿Se refiere a una fotografía tradicional? Ya casi nadie hace esa clase de fotografías.

—Esta es real. Una fotografía al uso. Y hay algo más... La foto lleva impresa a mano una fecha en el borde inferior derecho que creo que podría coincidir con la fecha aproximada de la desaparición.

El tipo me sigue observando. Hace verdadero calor en el interior del local y tengo la impresión de que las paredes a nuestro alrededor supuran.

—Imagino que guarda la foto ahí.

Señala el paquete.

—Sí.

—De acuerdo... Antes ha dicho que había dos fotografías... ¿Qué hay de la segunda?

Doy otro trago al güisqui.

—La segunda fotografía es... similar a la primera... Aunque lleva otra fecha impresa en el borde inferior

—¿Se trata de otra foto de la misma chica?

Niego con la cabeza.

—No... Es la foto de un chico.

—¿Un chico?

Asiento.

—¿Puedo preguntarle de quién?

—... También lleva escrita a mano la fecha de su desaparición... Nueve de abril de mil novecientos noventa y tres.

Tengo la impresión de que su postura física se transforma para alejarse ligeramente. Tal vez piense que soy alguna clase de tarado.

—Eso es hace veinticinco años.

Es lo que dice. Asiento. El tipo espera a que continúe pero no lo hago. Me siento realmente mareado y creo que podría desplomarme en cualquier momento. Finalmente decide volver a preguntarme directamente:

—¿Sabe algo más de esa segunda fotografía?

Intento hacer un esfuerzo y sonar normal.

—Ya se lo he dicho. Es la imagen de un chico desaparecido en esa época...

—¿Y eso usted cómo puede saberlo...?

Trago saliva.

—... Es difícil de explicar. Tendrá que fiarse de mi palabra.

El tipo da un sorbo de agua y me mira de pronto abriendo sus ojos estrechos como rendijas. Si tuviera que apostar diría que piensa que soy alguna clase de tarado y que su vida corre peligro, aún así trata de mantener la calma cuando habla.

—... ¿Quiere decir que conoce al muchacho...?

Asiento de nuevo. Noto con el corazón me bombea alterado en el pecho. Puedo escuchar el zumbido rebotando en mis sienes como una melaza pastosa a punto de embotar mis venas.

—No puedo explicarle más.

Es lo que digo.

Trato de pensar con rapidez, pero siento que mi cerebro no responde. El tipo menea la cabeza. Durante unos segundos, que podrían ser minutos, permanece sentado frente a mí haciendo exactamente eso, menear la cabeza, solo que de un modo sutil, casi imperceptible. Después da un sorbo a su cerveza sin alcohol y a continuación llama al camarero alzando la mano derecha. Espera a que llegue para pagar por adelantado la cuenta. Se mueve despacio. Le observo en silencio mientras abona su parte de la cuenta y me mira fijamente, como si tratase de desentrañar mis pensamientos. Después de eso espera que el camarero regrese una vez más con el cambio, comprueba que es el correcto, se levanta parsimoniosamente dejando un par de monedas sobre la mesa y me mira antes de echar a andar.

—... Si de verdad tiene intención de contarme la verdad sobre este asunto tiene mi dirección.

SUCESOS

Continúa la búsqueda de la adolescente desaparecida en Jávea hace ya más de un mes.

Numerosos voluntarios se han unido este fin de semana a las fuerzas de seguridad que trabajan sobre el terreno con el objetivo de dar con el paradero de S.D., la joven que desapareció durante la madrugada del pasado veintitrés de julio en la localidad de la costa levantina.

La menor fue vista por última vez en una fiesta con su grupo de amigos en una playa cercana a la urbanización en la que residía temporalmente junto a su familia con motivo de las vacaciones estivales. Según los datos ofrecidos hasta ahora por la policía, la joven podría haber realizado una llamada desde su teléfono móvil minutos después de la una de la madrugada, momento a partir del cual se perdió su rastro. La policía se concentra ahora en rastrear la pista de dicha llamada en los repetidores de la zona para tratar de localizar a la joven.

Mientras tanto un portavoz de la familia ha querido esta mañana agradecer públicamente los esfuerzos de la policía y los más de cien voluntarios que se han sumado de manera desinteresada a las labores de búsqueda. Durante toda la semana más de cinco grupos, coordinados por la Guardia Civil, realizan batidas supervisadas por los alrededores de la zona en la que S.D. fue vista por última vez, con la esperanza de encontrar alguna pista que lleve a dar con su paradero. El portavoz de la familia ha querido asimismo ofrecer una recompensa de cinco mil euros a todo aquel que pueda proporcionar una pista fiable sobre el paradero de la joven.

«No pararemos hasta dar con ella. Toda su familia y sus amigos la están esperando».

Por su parte los responsables de la investigación siguen sin descartar a esta hora ninguna hipótesis. Según las declaraciones del responsable directo de la investigación a este medio: «Nos encontramos, evidentemente, ante una desaparición de alto riesgo, en primer lugar, por la edad de la menor implicada y también por las circunstancias que rodean el momento de su desaparición, pero todavía es pronto para aventurarnos a lanzar ninguna hipótesis. Estamos trabajando en coordinación con el resto de cuerpos y fuerzas de seguridad del Estado para tratar de localizar a S.D. cuanto antes y devolverla a su familia. En estos momentos nuestra prioridad es lanzar un llamamiento a la colaboración ciudadana. Jávea es una localidad pequeña, especialmente concurrida en esta época del año y es posible que alguien viera u oyera algo la madrugada del veintitrés de julio que, *a priori* no le resultara importante, pero pueda tener alguna trascendencia para la investigación: En este sentido recordamos a todos los ciudadanos que pueden ponerse en contacto con las líneas y el email habilitados a este efecto por las autoridades policiales para realizar cualquier tipo de declaración de forma anónima».

Extraoficialmente algunas fuentes consultadas por este periódico apuntan hacia la posibilidad de una huida voluntaria, incluso se contempla la posibilidad de que la menor hubiese ingerido alcohol y esta circunstancia hubiera propiciado que sufriera alguna clase de accidente en el camino de regreso a su casa. Ninguna de estas hipótesis ha podido corroborarse por el momento.

La familia pide respeto y que no se difundan especulaciones.

Puede seguir las novedades de esta y otras noticias suscribiéndose a nuestra Newsletter.

Saúl Oliver
Costa portuguesa
Trece meses antes

—¿Por qué no me dices que té pasa?

Lucía está sentada a mi lado y mi mano roza su rodilla desnuda.

Creo que es miércoles, pero no estoy seguro. Estamos solos, sentados a los lados de una pequeña mesa de un pequeño restaurante en la costa de Portugal. El mantel es de cuadros azules y blancos, y en general el aspecto del lugar parece recién sacado de una postal de las que venden a los turistas en los puestos que salpican la playa. Llevamos los pies descalzos. A nuestro lado una salamandra perezosa se tuesta al sol encaramada a una piedra. Hace exactamente once días que nos casamos en secreto en una pequeña iglesia de un pueblo cuyo nombre no recuerdo, gracias a un sacerdote que aceptó oficiar una ceremonia improvisada a cambio de una pequeña cantidad de dinero. Lucía estaba nerviosa. Ahora sus mejillas resplandecen por efecto del sol y parece feliz... Quizá si alguien nos observara desde lejos lo pareceríamos los dos. Ni siquiera estoy seguro de que un matrimonio así tenga validez, pero eso no parece importar le. Tampoco me importa a mí.

—¿No te parece que todo es distinto ahora?

Esta mañana nos hemos levantado temprano para nadar en la playa, igual que hicimos ayer. Después hemos vuelto al albur de nuestra habitación alquilada en un pequeño hostal de la costa y hemos hecho el amor sobre las sábanas blancas.

—¿Crees que el conserje ha podido imaginarlo al vernos?

—¿Imaginar el qué?

—Pues eso... ya sabes...

—No lo sé... supongo que sí. Tal vez no piense en eso...

Ahora estamos aquí dejando que el viento templado nos roce la piel y esperando sin prisa que algún camarero local nos traiga un par de ensaladas frescas y el pescado del día que recomienda el menú.

Lucía lleva puesto un vestido blanco sin mangas que deja desnuda su espalda. El sol aún benévolo del incipiente verano le ha quemado ligeramente la piel, que huele de un modo dulce y tostado. Se ha dejado el pelo suelto, sobre los hombros y casi todo el tiempo sonríe.

—Si quieres puedes quedarte luego en la habitación a solas para escribir un rato. No tienes que preocuparte por mí, puedo pasear por el pueblo... Iré a descubrir rincones... No me importa estar sola. Me gusta cruzarme con gente, quiero hacer fotografías antes de volver.

Creo que preferiría que no fuera tan inteligente. Sería más sencillo si se comportase como las otras chicas que he conocido. Tal vez así no sentiría que puedo hacerle daño en cualquier momento.

—¿No te gustaría que pudiéramos quedarnos a vivir aquí para siempre?

Cuando sonríe un pequeño pliegue diminuto se marca en su mejilla izquierda, justo debajo del globo ocular. Apenas se distingue. La cicatriz lejana de un accidente en bicicleta cuando era solo una niña. Me lo contó ella misma hace apenas un año, pocas semanas después de conocernos.

—*Debía tener unos diez años... Mi hermano se cruzó para evitar atropellar a un perro callejero y yo caí tras él y me clavé el manillar... Siento haberlo dicho.*

—*¿El qué?*

—*«Hermano». No me he dado cuenta. Lo he dicho sin más. No quiero ponerte triste.*

—*No tiene importancia.*

A veces me resulta imposible apartar la mirada de esa cicatriz que parece sonreír con ella.

Anoche estuve a punto de marcharme y abandonarla.

—¿Por qué te has quedado tan serio?

—No lo sé.

—¿Te gusta este sitio?

—Claro.

—¿Sabes? Creo que te sienta bien el matrimonio... Puede que un día cambies de idea y decidas que te gustaría que tuviéramos hijos.

—Ya hemos hablado de eso...

De pronto su sonrisa se esfuma.

—Lo sé, perdona... No he querido decirlo. Ha sido una tontería.

El aire llega suave remontando la costa y aliviando un poco el calor seco del mediodía, pero de pronto el día ya no me parece tan prometedor.

Siento cómo sus labios me rozan la nuca. Siento su cuerpo templado y un ligero olor a perfume que parece mezclarse con su propia piel. Lo único que tengo que hacer es concentrarme en este instante. Este momento extraño en el que nada, aparte de nosotros dos, importa.

—No quiero hablar de nada.

—De acuerdo.

No hay nada en ella que me cause rechazo. No hay nada

en ella que esté mal. Simplemente soy yo. Es lo que intento decirme. Pero todo el tiempo siento que un dolor agudo me oprime por dentro, mientras trato de esforzarme en sonreír y no sentirme culpable.

S.D.

¿Por qué estoy aquí? ¿Por qué me está pasando esto? Quiero despertarme. Me duele mucho. Tengo sangre en la boca.

¿Quiénes son estas personas? Dime quiénes son.

¿Por qué me has traído aquí? ¿Dónde estás?

Quiero respirar.

No tengo fuerzas.

¿Por qué me están haciendo esto?

Quiero arrancarme la piel.

Quiero que deje de arder.

(Saúl Oliver)
22 de agosto
12:47h

Estoy desubicado. Tirado sobre el colchón de la cama con la vista fija en la grieta que recorre la pared, desde el tambor de la persiana al suelo, justo cuando me desorienta de golpe el tono martilleante de mi teléfono móvil. Supongo que olvidé apagarlo. Una voz áspera me saluda al otro lado cuando descuelgo. Tardo un poco entender lo que dice.

—Hola, soy Alejandro García Sentinel... ¿Me recuerda?

Intento recomponerme y supongo que me lleva algunos segundos de más responder.

—Sí. ¿Qué quiere?

—Me gustaría volver a verle.

—¿Verme?

—Eso he dicho.

—¿Cuándo?

—¿Qué tal ahora...? Estoy junto al portal de su casa. Me gustaría subir y hablar con usted si no tiene inconveniente. ¿Podría abrirme?

Durante unos cuantos segundos continúo en silencio. No estoy muy seguro de qué debo hacer. Tal vez estoy soñando. Finalmente cuelgo. El teléfono vuelve a sonar otras tres veces.

—Oiga... Entiendo lo que debe estar pensando. No le robaré mucho tiempo. Creo que le interesará escucharme.

Le digo que de acuerdo. Anoche no fui capaz de conciliar el sueño hasta entrada la madrugada y ahora siento el cuerpo pesado por culpa del alcohol. Voy al lavabo, me aclaro la cara y me tiento el cuerpo para cerciorarme de que llevo una camiseta puesta. El timbre de la puerta suena un par de minutos más tarde. Sentinel está detrás del umbral y me saluda con un ligero movimiento de cabeza. Juraría que lleva puesta la misma ropa que en nuestro anterior encuentro. Le devuelvo el saludo y le invito a pasar. Él asiente y me sigue en silencio por el pasillo hasta el angosto salón abarrotado de cosas. Echa un vistazo aséptico y espera a que le haga hueco en el sofá. Lo hago apartando de un manotazo la ropa desperdigada y los papeles amontonados entre los cojines y el suelo.

—Siento el desorden. No ha sido una buena semana.

No ha sido un buen año, ni una buena década en realidad, pero supongo que eso no le interesa. Se sienta. Todavía no sé cómo me ha localizado.

—¿Cómo ha averiguado dónde vivo?

—Es mi trabajo.

Intento aclararme la garganta. El alcohol me produce un cierto letargo retrospectivo últimamente y no estoy muy seguro de si mis frases salen con coherencia.

—Bien... ¿Qué es lo que quiere?

Me mira fijamente

—... Me gustaría retomar nuestra conversación donde lo dejamos.

—Creí que había dicho que no le interesaba.

Es lo que digo. El tipo echa un vistazo al cuarto antes de volver a hablarme. Calibra el grado de dejadez que me rodea, supongo.

—Bueno, creo que es evidente para los dos que no fue usted del todo sincero conmigo.

—¿Qué quiere decir?

Podría ser un tipo peligroso que intenta estafarme, es lo que pienso. Tal vez sea alguna clase de farsante que se hace pasar por otra cosa y yo lo haya dejado entrar en mi apartamento. No puedo estar seguro, aunque recuerdo que fui yo el que conseguí su contacto primero y traté de localizarle y eso me tranquiliza un poco. El tipo me observa con calma antes de volver a hablar, como si mis zozobras internas no pudiesen alcanzarle.

—Quiero ayudarle a descubrir qué le ocurrió a su hermano... Si todavía está interesado.

Es lo que dice.

De repente siento una sacudida orgánica que me devuelve a un estado inmediato de consciencia ebria y me devuelve a la realidad. Supongo que puede notarlo, porque su mirada se suaviza un poco cuando vuelve a hablar.

—Ya le he dicho que he estado investigando un poco sobre usted... Y también sobre el caso... Un trabajo complicado... Han pasado demasiados años y no hay apenas datos...

No sé muy bien cómo debo comportarme.

—¿Qué es lo que ha dicho?

—He dicho que he estado investigando... ¿Se encuentra usted bien? Después de nuestra conversación tuve la impresión de que me ocultaba algo importante. Todo lo que decía resultaba absurdo y rocambolesco, sin embargo, parecía tener una inquietud real por algo que se escapaba a mi entendimiento y despertó mi interés... Supuse que ocultaba algo, lo cual resultaba evidente, pero imaginé que debía ser realmente importante para usted si no quería hablar de ello a la primera de cambio... He ocupado este tiempo en averiguar de qué se trataba.

Creo que agacho la cabeza.

—Le pido disculpas si esto puede trastocarle... Entiendo su situación, pero supongo que puede imaginarse la cantidad de sujetos dudosos que contactan conmigo con toda clase de extrañas excusas... Nunca doy un paso sin asegurarme antes.

No estoy en condiciones de responder con claridad. Sigo mirándole con una especie de mezcla extraña entre el pánico y la necesidad.

—Como le digo no ha resultado sencillo. Apenas hay información sobre el suceso. No resulta extraño tratándose de un caso de hace veinticinco años, pero aún así... Apenas hay margen para tratar de tirar del hilo. ¿Le estoy incomodando?

—¿Por qué ha venido?

Hace una pausa antes de volver a hablar con su tono pausado.

—Ya se lo he dicho. Usted dijo que necesitaba mi ayuda, ¿aún está interesado?

Asiento en silencio. No me siento con fuerzas de pronunciar muchas más palabras.

—Bien. En ese caso voy a necesitar que me cuente todo lo que recuerda.

—¿Significa eso que acepta el encargo?

Hace un movimiento afirmativo.

—Eso le he dicho.

No sé muy bien qué es lo que va a ocurrir a continuación. El tipo sigue sentado en el sofá, con su rostro blando y pausado.

—En ese caso, supongo que tendríamos que aclarar las condiciones —es lo que digo.

—¿A qué se refiere?

—Supongo que antes de que le cuente nada más usted fijará un precio y luego querrá que le dé un anticipo antes de empezar...

Tengo la impresión de que de algún modo se apiada de mí. Sus ojos estrechos me miran con una cierta condescendencia.

—... Ya hablaremos de eso. Antes me gustaría hacerle unas cuantas preguntas. ¿Le parece bien?

—De acuerdo.

Caso: Desaparición de S.D.

Expediente 04/18

Entrevista nº 9

—*Bien Miguel Cardoso Méndez, ¿no?*

—*Sí.*

—*¿Qué edad tienes chico?*

—*Ya se lo he dicho antes.*

—*¿Por qué no me lo repites?*

—*Veintiún años.*

—*Bien... Vamos a ver Miguel, ¿puedes repetirme dónde estabas la noche del jueves veintitrés de julio pasado?*

—*Ya se lo he contado tres veces a su compañero. Estuve en casa toda la noche viendo la tele, hasta tarde.*

—*¿Y después?*

—*Después me fui a la cama.*

—*¿No saliste de casa?*

—*No.*

—*¿Estás seguro?*

—*Sí.*

—*¿Qué echaban en la tele?*

—*¿Qué?*

—*Que qué programa viste.*

—*No lo sé... No me acuerdo.*

—*¿No recuerdas lo que viste?*

—*Eso he dicho.*

—*Bien... Un testigo dice haberte visto en las calles del pueblo pasada la medianoche ¿Cómo explicas eso?*

—*No lo sé. Quizá me confundió con otra persona.*

—*Eso no es muy probable. Es un testigo creíble y dice que te vio sin ningún género de duda.*

—*No sé quién me vio. Nadie pudo verme. Ya le he dicho que estuve en casa. Puede preguntarle a mi madre.*

—*La testigo dice que te vio merodeando junto a un coche oscuro, pasada la medianoche.*

—*Ya le he dicho que no era yo.*

—*Bien, sí, lo sé. Ya sé que te quedaste en casa viendo la tele, solo que no recuerdas lo que viste, ¿no es eso?*

—*¿Por qué me repite constantemente lo mismo? Ya le he dicho que estaba en casa. No sé lo que echaban en la puta tele.*

—*De acuerdo. No es necesario que te pongas nervioso. Solo queremos hacerte unas cuantas preguntas ¿Quieres que paremos durante cinco minutos?*

—*No.*

—*¿Quieres beber agua, o tomar un refresco?*

—*No.*

—*De acuerdo... ¿Qué puedes decirme de tu padre?*

—*¿Qué quiere saber de él?*

—*¿Estaba en casa esa noche?*

—*No... Ya les he dicho antes que vino después.*

—*¿Después a qué hora?*

—*No lo recuerdo.*

—*Haz un esfuerzo.*

—*Habíamos cenado y estaba en el sofá viendo la tele cuando entró. No sé qué hora era. No miré el reloj. Creo que era tarde.*

—*¿Cómo de tarde?*

—*Ya le he dicho que no miré el reloj. Tal vez fueran las doce, quizá más tarde.*

—*Bien, ¿recuerdas qué programa estabas viendo en la tele?*

—*... No. No lo sé. ¿Cuántas veces va a preguntármelo...? Creo que era una película.*

—Bien. ¿Recuerdas qué película?

—No.

—De acuerdo. ¿Notaste algo raro en tu padre cuando llegó?

—¿Qué quiere decir con raro?

—No lo sé... ¿Notaste algo diferente a otras noches...?

—No entiendo lo que quiere decir.

—¿Te pareció que estuviera nervioso o cansado? ¿Te fijaste si había algo extraño en su aspecto o en su ropa?

—Había bebido si se refiere a eso. Pero así es mi padre.

—Así que llegó a casa tarde y un poco borracho. ¿Es correcto...?

—Supongo que sí.

—¿Dijo dónde había estado?

—¿Dónde había estado? Verá, mi padre no suele decirnos dónde va y tampoco nadie le hace preguntas... No es esa clase de padre. No sé si me entiende. Y de todos modos, ¿qué tiene todo eso que ver con la chica?

—Limítate a responder las preguntas ¿De acuerdo?

—De acuerdo.

—Ayer declaraste que tu padre es un hombre violento... ¿Alguna vez has sospechado algo de él?

—¿Qué quiere decir con eso?

—La semana pasada. Antes o después. ¿Alguna vez has pensado que podría estar metido en alguna clase de problema?

—No sé muy bien qué quiere decir. Hasta donde yo sé mi padre siempre está metido en problemas.

—¿Qué tipo de problemas?

—No lo sé. Ha estado en la cárcel varias veces. Usted debería saberlo mejor que yo.

—¡Vigila el tono chico! Aquí nadie quiere buscarte problemas, así que no nos lo pongas difícil ¿De acuerdo?

—De acuerdo.

—Bien ¿qué más puedes decirme de la chica?

—Nada.

—¿Nada?

—Eso he dicho.

—Por lo que sabemos salías con ella.

—Eso no es verdad.

—¿Estás seguro?

—Sí, ya se lo he dicho las otras cien veces. La conocía de vista, nada más.

—¿Cuánto tiempo llevabais juntos?

—Ya le he dicho que no salíamos.

—Eso no es lo que dicen tus amigos.

—¿Qué amigos?

—Esa no es la cuestión. ¿Desde cuándo salíais?

—Ya le he dicho que nunca he salido con ella.

—¿Te acostabas con ella?

—¡No!

—Estamos hablando de una menor, ¿entiendes eso...? Yo estoy de tu parte, pero si no aparece las cosas se te pueden complicar, así que dime. ¿Salías con ella o te acostabas con ella y ella estaba intentando dejarte? ¿Había hecho algo que te disgustara?

—¡Claro que no! No salía con ella. ¡Solo la conocía de vista! ¡Joder! ¿Qué es esto?

—Tranquilo chico

—... Tengo derecho a que haya un abogado.

—De acuerdo... Solo te estamos haciendo unas cuantas preguntas... Nadie te está acusando de nada ¿entendido?

—No quiero responder más preguntas.

—De acuerdo. Lo que quieras. Puedes irte de momento. Pero si en algún momento cambias de idea, si recuerdas algo que no nos hayas dicho, cualquier cosa relacionada con la chica, ya sabes lo que tienes que hacer.

—De acuerdo.

—Bien... Y otra cosa, intenta no salir del pueblo, probablemente volveremos a hablar contigo. ¿Entendido?

—Sí, oiga, ¿y qué hay de nosotros?

—¿Qué quieres decir?

—¿Qué pasa con nosotros? Ya le he dicho antes a su otro compañero que creo que deberían protegernos o algo... Desde que los de la tele soltaron mi nombre alguna gente del pueblo ha amenazado a mi madre y a mi hermana pequeña. Han escrito asesinos en la puerta casa y otras cosas así. Anoche vinieron de madrugada y rompieron con piedras una de las ventanas de atrás...

—Sí. Entendido. Estamos al tanto. Si vuelve a suceder algo parecido ponte en contacto con nosotros.

(Saúl Oliver)
22 de agosto
14:53h

¿Por qué no me cuenta su historia para empezar?

Seguimos sentados en el salón de mi apartamento, llevamos así un rato, creo, aunque ahora tengo un vaso entre las manos y siento que puedo pensar con más tranquilidad. Sentinel no ha querido nada de beber. «Está bien así, gracias ¿Por qué no me cuenta su historia?»

—¿Qué quiere que saber exactamente?

—No lo sé... Empiece por el principio. Por lo que ocurrió aquel día. Cualquier cosa que le parezca relevante.

No sé si seré capaz de hacerlo.

—¿Por qué no lo intenta?

—De acuerdo...

«Era un jueves, si quiere que empiece por ahí. Un día normal. Quiero decir que podría haber sido un jueves cualquiera. Uno de esos días luminosos de primavera. Con el sol sacudiendo la tierra en mitad de un cielo azul, muy limpio, y un aire agradable. Recuerdo esa sensación.

Estábamos en las vacaciones de Semana Santa y me había despertado temprano. No sé por qué. Nunca me despertaba temprano...

La ciudad estaba casi vacía. Eso también lo recuerdo. Supongo que la mayoría de la gente estaría por ahí con sus familias, pasando el tiempo en sus casas de verano. Nosotros no habíamos tenido tanta suerte. Aquel año mi padre había perdido el trabajo y pasaba la mayor parte del tiempo en el bar de la esquina, así que no había vacaciones para nosotros. No recuerdo que aquello me importara de todos modos. Me sentía bien por poder andar por ahí sin tener que ir a clase, perdiendo el tiempo sin preocuparme, ¿entiende?»

—Sí. Continúe.

«Yo tenía dieciséis años y salía con una chica. Se llamaba Elena... No es que fuera nada serio. Íbamos juntos a clase en el Instituto... Era una de esas chicas en la que te fijas casi al instante, ¿sabe a qué me refiero...?

Aquella mañana mi madre se fue de casa temprano. Nos dijo que tenía que salir al centro a hacer un recado y que volvería a la hora de comer. Recuerdo sus palabras exactas: *Cuida de tu hermano, volveré antes de que vuelva tu padre, a tiempo de servir la comida.* Había hecho pollo en la cazuela y arroz. Eso también lo recuerdo. Recuerdo cada pequeño detalle en realidad. Lo he recordado hasta la extenuación millones de veces. Me pidió que no le dejase solo, a mi hermano: *No le dejes solo ¿De acuerdo?*

Se llamaba Lucas. Nos llevábamos casi seis años.

Después de eso se marchó. Estuvimos en casa, viendo la tele y perdiendo el tiempo hasta pasadas las once. Miré la hora en el reloj de pared del salón, por eso lo recuerdo. Mi hermano quería que le ayudase a montar el viejo Scalextric en la mesa del salón y que echásemos carreras, pero yo estaba aburrido de estar encerrado en casa y pensé que sería buena idea salir y darle una sorpresa a Elena, así que le dije que podíamos bajar un rato a jugar al parque con su balón de fútbol. *Podemos dar unos pases hasta la hora de comer.* Él me miró con sus ojos grandes, un poco perdidos. *Vale*. Hubiera hecho cualquier cosa que yo le dijera.

Cogimos el balón de fútbol y bajamos en el ascensor. Igual que muchas otras veces. Recuerdo la sensación de la calle. Fuimos andando hacia el parque por el lado izquierdo de la acera. Casi guardo la memoria orgánica de estar junto a su cuerpo. No recuerdo con quién nos cruzamos excepto por una cuadrilla de obreros con sus chalecos fluorescentes que estaban trabajando arreglando el pavimento. Habían abierto una zanja en mitad de la calzada y el aire desprendía un fuerte aroma a alquitrán y tuvimos que cruzar por mitad de la carretera antes de llegar a la esquina.

Vale.

La casa de Elena estaba a pocos pasos, a unos cien metros del parque. Un edificio alto destacando sobre los demás del barrio. Había pensado decirle que bajara al portal. Solo sería un momento. Yo tenía un par de monedas en el bolsillo. Le dije a mi hermano que podía acercarse a la panadería mientras, y comprar golosinas con ellas. *Puedes comprar lo que quieras*. Le dije que me esperase en la tienda. Le dije que tenía que hacer una cosa. *Solo será un momento*. Tenía pensado llamar al telefonillo, dar una sorpresa a Elena, tal vez decirle que después pasaría a verla y volver enseguida a por él.

—Espérame allí ¿de acuerdo?

—*Vale*.

Le dije que no tardaría.

... Podía haberle llevado conmigo, pero tenía dieciséis años. No quería que mi hermano pequeño me viese con la chica que me gustaba. Entonces me importaban esa clase de cosas...

Recuerdo que esperé hasta verle cruzar en dirección a la panadería de la esquina cargando con su balón y mis monedas. Tal y como yo le había dicho que hiciera. Recuerdo que pensé que aún era realmente pequeño y que tendría que ocuparme de él durante mucho tiempo. No pensé en ello como una carga, simplemente fue la clase de pensamiento que uno tiene a veces sobre su hermano pequeño, ¿entiende? Después lo perdí de vista. Crucé la calle hasta llegar al portal de Elena. Dudé un momento antes de llamar. Supongo que estaba nervioso por qué decirle. Finalmente pulsé con fuerza su telefonillo. Un par de toques. Respondió al otro lado la voz de su madre cuando pregunté por ella. Me dijo que había salido hacía un momento con su hermana.

—Estará de vuelta en un rato, ¿quieres que le deje un recado?

Es la única parte que recuerdo borrosa.

Eso fue todo. Un par de minutos, quizá tres. Crucé la calle, volví sobre mis pasos y entré en la panadería. Lo primero que me llamó la atención fue lo fresco que estaba el interior. Un contraste abrupto con el aire templado de la calle.

La mujer que atendía el mostrador me saludó nada más verme. Supongo que me conocía de vista como al resto del barrio. Había entrado un millón de veces antes en su tienda, casi siempre después de las clases, o para comprarme un dónut de camino a casa. El local olía a una mezcla de azúcar, bollos de chocolate y Coca-Colas frías. Me preguntó qué quería.

Le pregunté si había visto a mi hermano. *Un chico con un balón, tiene once años.*

—Aquí no ha entrado ningún chico.

Eso fue lo que dijo. Ya en ese instante sentí algo agudo revolverse en mi interior. Salí a la calle y el sol me golpeó duro en la cabeza. El aire ya no me pareció tan prometedor como me lo había parecido unos minutos antes. Miré en dirección hacia el parque, pero no vi a nadie allí que pudiera ser mi hermano. Giré hacia los dos lados de la calle y crucé la carretera a toda prisa. Apenas había tráfico. Grité su nombre. Ya en aquel momento grité su nombre. No sé bien por qué. Las sienes empezaron a latirme. Recuerdo que corrí hasta los primeros árboles del parque, llegué hasta el pequeño campo de fútbol vacío y me subí en un banco junto a los columpios. No vi nada relevante desde allí. Tampoco su balón de fútbol.

Todavía me sorprende el modo instintivo en que supe desde el principio que había ocurrido *algo grave...*

En el parque, cerca de una pequeña plazoleta ajardinada, encontré un hombre vestido con un uniforme de esos que llevan los jardineros del Ayuntamiento que se afanaba en podar las ramas chaparras de unos arbustos. Corrí hasta él y le pregunté si había visto a mi hermano. *Un crío jugando con un balón de fútbol. Se llama Lucas.* El hombre se encogió de hombros sin entender.

En aquel instante, aún incierto, ya tuve la certeza de que mi vida nunca volvería a ser la misma.

Volví corriendo a la panadería. Estaba jadeando cuando entré. La panadera me preguntó qué ocurría.

—Se han llevado a mi hermano.

Esta vez la mujer salió de detrás del mostrador. Me pareció que su sonrisa se torcía. *¿Pero ¿qué dices? ¿Cómo que se lo han llevado? ¿Quién se lo va a llevar...? Habrá vuelto a casa caminando.* Volví a la calle. Corrí hasta casa por la misma acera por la que quince minutos antes habíamos caminado juntos. Atravesé corriendo el portal, subí a zancadas los cuatro tramos de escaleras y atravesé la puerta sin aliento y casi llorando. No había nadie allí. Recuerdo el reloj avanzando, suspendido en la pared del salón, y que entendí que cada segundo era un segundo al vacío. Volví a bajar las escaleras hasta el portal tres veces más gritando su nombre, alertando a algunos vecinos que salieron de sus casas sin entender qué pasaba. Después volví a la calle y corrí tan rápido como pude hasta llegar de nuevo al parque. El hombre al que había preguntado un rato antes ya no estaba allí. Apenas podía respirar.

Así es como ocurre. ¿Sabe? Supongo que sí. Sucede en un instante. Después te arrastra un pánico que va más lejos de cualquier otra cosa que hayas sentido nunca. Como cuando esperas encontrar un escalón y tu pie queda suspendido en el vacío. Porque caes. Eso es exactamente lo que sientes. Te precipitas. Nadie que no haya pasado por eso puede alcanzar a entender esa clase de vértigo.

Recuerdo bien la cara del primer policía que me tomó declaración horas después. Un tipo corriente, con bigote espeso y la frente sudorosa que me miraba con dudas. Para entonces mi madre ya había vuelto a casa y estaba sentada en una silla en mitad del salón, con las bolsas de la compra a los lados, incapaz de articular palabra, paralizada por el terror.

—Tranquilízate, chico. Seguramente se habrá extraviado, ¿qué edad tiene tu hermano?

Pero mi hermano jamás se extraviaba.

Esa noche la pasamos en vela buscándole a gritos por las calles del barrio, y la noche siguiente y la de después. Todo el mundo nos decía que aparecería tarde o temprano. Porque era un chico. Los chicos no desaparecen. Eso fue lo que nos dijo el subinspector de la policía. *Sería diferente si se tratase de una niña.*

Pasamos días y noches rastreando cada palmo de aquel parque y del resto del barrio. Al principio nos centrábamos en eso. Recorríamos el barrio preguntándole a la gente con la que nos cruzábamos si le habían visto. Les mostrábamos la última fotografía que nos habíamos hecho juntos el verano anterior. Era una foto de medio cuerpo tomada frente a la puerta del colegio que habíamos cortado por la mitad para que solo se viera mi hermano y no dispersar la atención. Después de nuestro barrio recorrimos con aquella foto los barrios fronterizos, y pronto empezamos a buscar de forma errática y caótica por cualquier parte. Algunas tardes subíamos al viejo coche de mi padre, que apenas andaba y salíamos a la carretera en busca de cualquier cosa que pudiera llevarnos hasta él. Recorríamos kilómetros al azar, en cualquier dirección, repostando cuando ya no quedaba más remedio y mirando en todas partes, gasolineras de carretera, casas apartadas y pueblos; de vez en cuando teníamos un buen presentimiento y nos dirigíamos a toda velocidad hacia algún lugar inconcreto, como si él fuera a estar allí, esperando. Como si todo fuese de pronto a recobrar el sentido. Un par de veces incluso llegamos conduciendo hasta la costa. Jamás encontramos nada.

Cada día consultábamos compulsivamente en los periódicos las noticias de sucesos, en busca de cualquier pequeña reseña. Pero las noticias nunca hablaron de él. El mundo lo había borrado, como si nunca hubiese existido, excepto para nosotros. Todos los lunes mi padre se levantaba sobre las seis, iba a la nevera a abrir una cerveza, se aseaba en el retrete y luego cogía el metro y se dirigía a la oficina de objetos perdidos del Ayuntamiento en busca de cualquier cosa que pudiera pertenecerle. Esperaba a que el funcionario abriese la puerta del pequeño cuartucho y revisaba aquellos objetos sin dueño con la esperanza de encontrar algo que resultase familiar. Después de eso volvía a preguntar por él a la comisaría. Algunas veces los policías no tenían tiempo para atenderle, pero de todos modos se quedaba allí, esperando que alguien hiciese una llamada para decir que habían encontrado su pequeño cuerpo atropellado en alguna cuneta y poder ponerle un fin a nuestra angustia. Para así tener alguna clase de respuesta, poder enterrarle. Descansar de algún modo.

Una noche mientras cenábamos los tres, sentados alrededor de la mesa plegable de la cocina, con el televisor apagado, mi madre alzó la vista para mirarme.

—¿Crees que el que se lo llevó le habrá dejado al menos conservar su balón?

No supe qué contestarle. Su voz ya no sonaba como antes.

Siempre supimos que no se había marchado por su propia voluntad. Llevaba trescientos cuarenta y tres días desaparecido cuando mi madre murió. Ocurrió de repente. Nunca había estado enferma hasta entonces. Nunca que yo supiera. Esa mañana mi padre se despertó temprano y notó que le costaba respirar. Había sufrido un infarto, pero él no lo sabía. *Estuvo moviéndose inquieta durante toda la noche*. Eso fue lo que me dijo. Vino a buscarme a la cama desconcertado. Dijo: *Creo que tu madre está mal, casi no respira*. Tenía una expresión entre la angustia y el agotamiento que ya nunca le abandonó. Los de la ambulancia llegaron un rato más tarde, después de insistir varias veces por teléfono. Después de eso la llevaron al hospital. Estuvimos esperando varias horas en una sala repleta hasta que un médico muy joven salió para informarnos que estaba muy mal. Nos dijo que padecía una enfermedad cardiaca oculta, un fallo congénito en una válvula del corazón. Que le hubiera ocurrido igual, tarde o temprano. Los médicos dicen esa clase de cosas. La enterramos un martes. Apenas asistieron diez personas, aparte de nosotros dos. Mi padre ya bebía antes de aquello, pero después se entregó a la bebida con dedicación devota.»

Me doy cuenta de repente que he empezado a llorar. Lo noto porque siento mi camiseta mojada a la altura del pecho y los ojos ardiendo por dentro. Sentinel me mira en silencio y hace que me sienta de pronto vulnerable y pequeño. Trato enseguida de secarme las lágrimas con el dorso de la mano y doy un trago al vaso que he dejado sobre el suelo, a mi lado.

Me siento un poco mejor después de eso. Aunque aún tardo un poco en recuperar la compostura y reubicarme en el estrecho salón. Intento sonreír.

-—Y esa es toda la historia.

—¿Sabe si la policía pudo seguir alguna pista fiable durante la investigación?

Su voz serena me devuelve cierta calma.

—... No hubo investigación.

—¿Qué quiere decir?

—... La policía nunca creyó que se lo hubiesen llevado. Siempre mantuvieron que se trataba de una huida voluntaria...

—¿Está seguro de eso?

—Sí.

—Está bien. ¿Qué más recuerda de aquellos primeros días?

—Recuerdo muchas cosas. Al principio interrogaron a mi padre. Nos interrogaron a todos. Incluso a mi madre. Entrábamos y salíamos de comisaría y nos hacían preguntas. Las primeras dos semanas contestamos aquellas preguntas una y mil veces.

¿Dirías que tus padres mantienen una buena relación? ¿Discuten a menudo? ¿Alguna vez has visto a tu padre pegar o amenazar a tu madre? ¿Alguna vez has tenido conocimiento de que tu padre tuviera algún tipo de comportamiento inapropiado con tu hermano? ¿Y con tu madre? ¿Alguna vez ha intentado abusar de ti de cualquier manera? ¿Te ha pegado tu padre alguna vez? ¿Y a tu hermano? ¿Por qué decidiste bajar

con tu hermano al parque ese mediodía? ¿Podrías explicárnoslo otra vez? ¿Alguna vez has pegado a tu hermano? ¿Alguna vez ha hecho algo por lo que tuvieras que corregirle? ¿Por qué decidiste dejarle solo? Has dicho que le diste dinero para comprar golosinas. ¿Cuánto dinero? ¿Estás seguro de que le viste entrar en la panadería? Si solía ir solo al colegio, ¿por qué ese día le dijiste que te esperase en una tienda? ¿No se cruzó con nadie en vuestro camino? ¿No hablaste con nadie? ¿Dirías que tu hermano solía obedecerte? ¿Se portaba mal algunas veces? ¿Os peleabais a menudo? ¿Tenías problemas con él? ¿Sabes si tenía motivos para querer marcharse de casa? ¿Le habían castigado últimamente? ¿Ocurrió algo durante el trayecto? ¿Tenéis problemas de dinero en casa?

Sí, lo sabemos. ¿Podrías repetirlo una vez más, por favor...?

¿Has hecho algo que quieras contarnos...?

—Preguntaron también a la gente del barrio y algunos vecinos, gente del bloque que nos conocía de vista y hablaba de más. La reputación de mi padre con la bebida tampoco ayudó. Si llegaba un policía nuevo a la comisaría le pasaban el caso y nos repetía aquellas preguntas. Supongo que se limitaban a cumplir con el procedimiento. Después, en un momento dado, nos decían que ya era suficiente y nos dejaban marchar. Pasadas las primeras semanas dejaron de preguntarnos y luego, simplemente, nos hicieron saber que no podían hacer mucho más.

Sentinel me mira fijamente.

—Lo siento. Puedo imaginarme lo que tuvieron que pasar.

Es lo que dice. No tengo fuerzas para decirle que es imposible que pueda imaginarlo en realidad, de modo que asiento.

—... ¿Puedo hacerle unas preguntas más?

—Sí.

—¿Recuerda algún detalle poco habitual en los días anteriores a la desaparición de su hermano?

Niego con la cabeza.

—Supongo que ya lo habrá hecho muchas veces pero piénselo de nuevo con calma... sé que ha pasado mucho tiempo. ¿Nada en absoluto que se saliera de lo habitual? ¿Nadie merodeando por su casa durante aquellos días? ¿Alguna llamada?

—No.

—¿Alguna visita inesperada, o algún comportamiento sospechoso de alguien que conocieran? ¿Tal vez alguna noticia inesperada de un familiar lejano?

Vuelvo a negar.

—Nada que yo recuerde. Mi madre tenía un trato ocasional con los vecinos, pero no recuerdo verlos nunca en casa. No recibíamos visitas, ni teníamos familia cercana, aparte de nosotros mismos.

—Bien... Intente hacer memoria. ¿Notó algo distinto en el comportamiento de su hermano durante los días anteriores a su desaparición? ¿Le notó diferente? Como si estuviera preocupado o nervioso, ¿o más excitado de lo normal?

—No.

—¿Está seguro?

—Sí. Me preguntaron lo mismo entonces. Docenas de veces. No hubo nada extraño que yo advirtiera, ni ese día ni los anteriores. Nada en su comportamiento. Nada en absoluto hasta el instante en que desapareció.

Asiente.

—¿Pasado el tiempo, cree que existe alguna posibilidad de que realmente su hermano se marchara por propia voluntad?

—No.

—¿Por qué está tan seguro?

—Lo sé con toda certeza.

—¿Cómo puede saberlo?

—¿Tiene un hermano pequeño...? El mío no se hubiera marchado a ninguna parte sin mí.

Ahora es él quien asiente.

—De acuerdo... La primera vez que nos vimos me dijo que alguien había enviado el paquete con las fotografías y la nota con la cita de Charles Manson a su agente literaria..

—Sí.

—¿Tiene alguna idea de quién pudo enviarle ese paquete?

—No.

—¿Tiene idea de cómo llegó el paquete hasta allí?

—Ya se lo expliqué. Lula me dijo que alguien lo había dejado sobre el felpudo de la agencia...

—¿Tiene confianza en esa tal Lula?

—¿Qué quiere decir?

—¿La considera de fiar?

—Sí... Es mi agente desde hace más de cinco años.

—De acuerdo. ¿Había recibido algún mensaje similar antes?

—No.

—¿Nunca?

—Nunca.

—¿Está seguro?

—Sí.

—¿Nada relacionado con su hermano en estos veinticinco años?

—No.

—He estado leyendo lo que hay publicado sobre usted. A pesar de sus dificultades familiares se las apañó para ir a la Universidad y graduarse. Se casó hace un par de años, pero su matrimonio apenas duró unos meses. Sin hijos. No trascendieron detalles. Antes de eso trabajó en varios empleos ocasionales hasta que pudo dejarlo para dedicarse a escribir.

Publicó su primera y única novela hace casi seis años. Antes de eso no hay nada relevante sobre usted. Desde entonces vive de su trabajo como escritor y goza de cierta fama. La novela podría considerarse autobiográfica en cierta manera. La he leído.

—¿Le gustó?

—No entiendo de Literatura.

Asiento.

—Me pareció autobiográfica en cierta manera... La historia de una pareja joven, aceptablemente feliz, que sufre el secuestro de sus dos hijos gemelos durante una excursión a un parque de atracciones durante unas vacaciones familiares y termina autodestruyéndose... ¿No le asustó sobre exponerse con un argumento así?

—No.

—La crítica le trató bien y el libro se convirtió en un éxito inesperado en media docena de países. Desde entonces no ha vuelto a publicar nada, apenas concede entrevistas y solo acude a eventos sociales de manera ocasional...

Asiento de nuevo.

—En las pocas entrevistas que he podido revisar sobre usted se muestra extraordinariamente celoso de su vida privada y apenas deja que le fotografíen. Solo he encontrado una mención puntual al asunto de su hermano en una publicación antigua de un medio local... Una de sus primeras entrevistas, tal vez la primera en realidad. El periodista le preguntaba si se había inspirado en alguna experiencia personal y usted le respondía con evasivas, aunque dejaba caer que el proceso de escritura había resultado especialmente íntimo y doloroso.

—Ya le he dicho que no es un asunto del dominio público.

—¿Entiendo entonces que solo sus allegados más cercanos conocen los detalle concretos de la historia?

Asiento de nuevo. Su manera de escrutarme como si supiera algo que yo desconozco, me desconcierta.

—Bien, dígame. ¿Qué tipo de relación mantiene con su exmujer?

—No creo que eso tenga nada que ver con este asunto.

—Si le interesa mi ayuda seré yo el que seleccione la información relevante.

—Nos divorciamos hace pocos meses... No es que no nos quisiéramos ni nada de eso... No teníamos una relación convencional. Ella está pasando por una racha difícil desde entonces... Acude a un terapeuta. Aún mantenemos una relación intermitente... aunque no nos hemos visto desde hace semanas...

—¿Eso significa que aún mantiene relaciones sexuales esporádicas con ella?

—No creo que tenga que responder a eso.

—Ya se lo he dicho, si quiere mi ayuda necesito conocer los detalles de su vida... Es evidente que la persona que le envió ese paquete dispone de mucha información íntima sobre usted. Tal vez se trate tan solo de alguien que trata de llamar su atención.

—No.

—¿No se acuesta con ella?

—Eso he dicho.

—¿Tiene motivos para creer que el asunto del paquete puedo haber sido idea suya?

—No. Lucía es... ella no haría nada para hacerme daño deliberadamente. Y mucho menos utilizaría la desaparición de mi hermano.

—¿Está completamente seguro?

—Sí.

—Pero conoce la historia.

—Sí.

—¿La conocía cuando se conocieron?

—No. Yo se la conté.

—¿Cuándo?

—¿Cuándo...? No lo sé... Unas semanas después de conocernos...

—De acuerdo... ¿Y qué hay del resto de su familia?

—No hay «resto de familia».

—¿Qué puede decirme de su padre?

—¿Qué pasa con él?

—Antes me ha dicho que su madre falleció de un infarto repentino poco tiempo después de la desaparición de su hermano, ¿qué fue de su padre?

—Murió hace cuatro años a consecuencia de un cáncer de hígado.

Ahora es él quien asiente en silencio.

Siento que el aire se ha vuelto más espeso aquí dentro y el peso de mi cuerpo se concentra en mi espalda, justo en las vértebras que sujetan la base del cuello. Empiezo a sentir un pinchazo agudo y me levanto del sofá.

—Creo que necesito algo más de beber. ¿Quiere una copa?

Niega con la cabeza.

Voy a la cocina. No queda nada de güisqui en la botella, así que saco una de las cervezas frías que aún quedan en la nevera, le quito la chapa y vuelvo al salón. Me siento algo mejor después del segundo trago. Sentinel me observa fijamente.

—¿Desde cuándo tiene problemas con el alcohol?

—No tengo ningún problema con el alcohol.

—De acuerdo. Piénselo bien una vez más. ¿Conoce alguien más, fuera de su familia, que haya podido enviarle el paquete?

Niego con la cabeza.

Durante unos cuantos segundos parece concentrarse en silencio. Después echa un vistazo a la habitación, recorriendo con la mirada los libros apilados en el suelo, el ventilador estático y mi mesa de trabajo revuelta y caótica. Su mirada se detiene en la única foto de Lucía que aún mantengo colgada en la pared. Después me mira de nuevo:

—¿Podría ver ahora ese paquete?

Asiento.

Me levanto dejando la cerveza a un lado y voy hasta la habitación. Lo cojo con cuidado de encima de la silla y vuelvo al salón sintiendo cómo el corazón me late deprisa.

—Es este.

Antes de tocarlo extrae con cuidado unos guantes quirúrgicos del bolsillo trasero de su pantalón y se cubre con ellos las manos. A continuación, separa el cartón exterior que envuelve el paquete y manipula con extremo cuidado el sobre blanco y alargado del interior. Sus dedos gordezuelos se deslizan con destreza. Se detiene a leer la cita de Charles Manson durante unos segundos. Después extrae del sobre la primera de las fotografías.

Contempla con detenimiento el rostro de la niña desaparecida en Jávea. Después de eso revisa el reverso de la fotografía varias veces, escudriñando cada detalle. Cuando termina saca del sobre la segunda fotografía con la imagen de mi hermano. Me mira.

—¿Es él?

Asiento.

Repite el mismo procedimiento que con la fotografía anterior.

9-4-1993

—La fecha es de dos días antes de su desaparición.

Es lo que digo. Él me mira.

—¿Se la hizo usted?

—¿La foto?

Niego con la cabeza. Hasta ese momento no había pensado en esa posibilidad.

—¿Pudo hacérsela alguien de la familia?

—No.

—¿Está seguro?

—Desde luego. No teníamos cámara que yo recuerde y no había visto nunca esa imagen antes.

—¿Pudieron hacérsela en el colegio?

—No que yo sepa.

Guarda silencio durante unos segundos. A continuación, introduce de nuevo las fotografías y el sobre dentro del paquete y vuelve a mirarme. Tengo la impresión de que no dirá nada más, pero de pronto comienza a hablar eligiendo despacio las palabras.

—Resulta realmente extraordinario... Es evidente que alguien quiere hacerle creer que hay un nexo entre ambas desapariciones.... Eso no quiere decir que lo haya. Creo que lo más inteligente sería centrarse primero en tratar de averiguar algo más sobre esa chica de Jávea y luego intentar rescatar del pasado alguna pista que pueda arrojar luz sobre la desaparición de su hermano y esperar... Debo decirle que es probable que todo esto no sea más que una extraña y cuidada broma macabra, urdida por alguien que quiere llamar su atención. Creo que no debemos descartar a nadie, pero tanto si es alguien que conoce como si no, parece poco probable que vaya a detenerse ahora.

—¿Puede ayudarme?

Sentinel mueve la cabeza ligeramente antes de volver a hablar.

—No estoy seguro... Quizá debería llevarlo a la policía y relatarles su historia como acaba de hacer conmigo... Tal vez ellos decidan ahora reabrir la investigación...

—Ya le he dicho que no confío en la policía.

Asiente.

—De acuerdo... Empezaré a trabajar en ello, pero recuerde bien lo que le he dicho: existen muy pocas posibilidades de que a estas alturas vayamos a encontrar nada que nos ayude a saber qué le ocurrió a su hermano pequeño.

Supongo que con eso es suficiente. Doy otro trago a la cerveza.

—De acuerdo.

Sentinel asiente a su vez y deja el paquete a un lado, sobre el sofá. Después se quita los guantes y se toca la frente sudorosa y despejada.

—Bien... En ese caso volveré a verle en unos días ¿Le parece bien? Mientras tanto intente recopilar todo lo que haya sido capaz de conservar de aquella época: fotos familiares, recuerdos... Cualquier cosa por insignificante que le parezca que pueda aportarnos alguna información sobre su hermano que hayamos pasado por alto, o que la policía no tuviera en cuenta en su momento... Yo veré si encuentro algún informe policial de la época... Tengo algunos contactos... Aunque no se abriera una investigación oficial debería constar algo en la denuncia original... No quiero darle falsas esperanzas... Simplemente me comprometo a echar un vistazo.

—De acuerdo.

Declaración policial Saúl Oliver
Denuncia de posible desaparición del menor
Lucas Oliver, de once años.
12-04-1993

—Bien, ¿quieres repetirme tu nombre completo?

—Saúl Oliver.

—¿Y los apellidos?

—Oliver es mi apellido, Saúl Oliver García.

—Bien, Saúl. ¿Por qué no empiezas por el principio?

—¿A qué se refiere?

—¿Por qué no me explicas qué hacías con tu hermano en la calle?

—Bueno, ya se lo he contado antes a su compañero... Estábamos los dos en casa... Mi madre me había pedido que le cuidara mientras hacía unos recados.

—Entendido, ¿qué más?

—Estuvimos viendo la tele un rato y perdiendo el tiempo hasta que empezamos a aburrirnos. Sé que eran las doce porque miré el reloj. Le dije que podíamos bajar al parque a jugar un rato al fútbol. Y entonces fue cuando salimos.

—Bien ¿Y qué ocurrió entonces, cuando salisteis a la calle?

—Nada. Anduvimos por la acera en dirección al parque que está un par de calles más arriba de nuestra casa. Es un parque bastante pequeño pero tiene una pista de fútbol que casi siempre está vacía, así que bajamos a veces. No recuerdo nada extraordinario. Mi hermano llevaba agarrada la pelota de fútbol. No recuerdo que hablásemos de nada concreto y tampoco vi nada extraño ni sospechoso. Solo nos cruzamos con unos obreros en la calle que estaban trabajando en una zanja... Nada más, no vi a nadie, ni hablamos con nadie, ni vi a nadie que nos siguiese ni nada de eso...

—Limítate a responder a las preguntas. ¿De acuerdo?

—Sí, perdón. Lo siento.

—Está bien ¿Qué pasó cuando llegasteis al parque?

—No llegamos al parque.

—¿Por qué no?

—Ya se lo he dicho antes... Justo antes de llegar le dije que fuera a la panadería a comprarse algo mientras me acercaba un minuto a hacer un recado y que me esperase allí.

—¿Qué recado?

—Bueno... En realidad no era un recado... Quería saber si una chica estaba en casa.

—¿Qué chica?

—Elena.

—¿Quién es esa Elena?

—Es una chica de mi Instituto.

—¿Estás saliendo con ella?

—Sí, algo así.

—Bien. Volveremos a eso más tarde... Así que dejaste a tu hermano solo y te fuiste a buscar a una chica.

—No, no fue exactamente así. Le dije que me esperase en la panadería porque solo quería llamarla por el telefonillo. Decirle que había pasado por allí... Solo eso, ¿entiende? No sé... Pensé que quizá podía bajar un rato y saludarla o verla después. Solo pensaba decirle eso y volver con él. No iba a entretenerme. Le di unas cuantas monedas para que se comprase algo y le dije que me esperase en la tienda.

—Bien. ¿Dónde está la panadería?

—En la esquina, justo enfrente del parque, solo hay que cruzar una calle pequeña.

—¿Crees que tu hermano pudo confundirse de panadería?

—No.

—¿Por qué estás tan seguro?

—Ya se lo he dicho antes. Porque esperé a que cruzara y le vi caminar hacia allí.

—Pero no le viste entrar, ¿no es cierto?

—Bueno, vi cómo caminaba hacia la puerta.

—Y entonces dejaste de mirar en esa dirección.

—¿Qué quiere decir con eso?

—Nada, continúa. ¿Qué pasó entonces?

—Fui un momento a casa de Elena. Llamé al telefonillo un par de veces. Su madre contestó y me dijo que había salido a comprar algo. Nada más. Así que volví a la panadería y entonces fue cuando vi que mi hermano ya no estaba allí.

—¿Cuánto tiempo tardaste en volver a la panadería?

—No estoy seguro, quizá dos o tres minutos.

—¿Pudo ser más?

—No.

—¿Por qué no?

—Porque su casa está justo al lado del parque y apenas intercambié dos frases con su madre...

—¿Miraste el reloj?

—No.

—¿Recuerdas si tuviste que esperar para cruzar el semáforo?

—No. Creo que no... No estoy el todo seguro.

—De modo que no sabes cuánto tiempo tardaste exactamente en realidad...

—No, pero ya le he dicho que solo fueron unos minutos.

—Bien. ¿Cuánto dinero le diste?

—¿Cuánto dinero?

—Sí, para que fuera a la panadería, antes has dicho que le diste algo de dinero para que se comprara algo y te esperase allí. ¿Cuánto dinero?

—No estoy seguro... unas cuantas monedas.

—¿Puedes ser más específico?

—No lo sé con seguridad... Solo eran unas monedas para que comprase algo en la panadería.

—¿Recuerdas si le diste algún billete?

—No, solo le di monedas.

—De acuerdo. Antes has dicho que, cuando entraste en la tienda preguntaste casi de inmediato y la panadera te dijo que tu hermano no había estado allí.

—Sí. Entré en la panadería esperando encontrarle dentro pero la panadera me dijo que mi hermano no había estado allí. Dijo que no había entrado ningún chico de su edad. Entonces fue cuando me asusté de verdad y salí a la calle corriendo.

—¿Por qué te asustaste?

—¿Qué quiere decir?

—Has dicho que acababas de dejarle solo hacía unos minutos con aparente tranquilidad para irte a ver «si una chica estaba en casa» y de repente te asustaste, ¿por qué?

—Porque le había dicho que me esperase allí.

—¿Y siempre hace lo que le dices?

—Sí.

—¿Cuántos años tiene tu hermano?

—Lucas, se llama Lucas.

—De acuerdo, ¿cuántos años tiene?

—Once, cumplirá doce en junio, pero parece que es más pequeño porque aún no se ha desarrollado del todo.

—¿No pensaste que quizá había podido despistarse tratando de volver a casa por su cuenta?

—No.

—¿Por qué no?

—Porque nunca se despista. Y de todos modos íbamos al parque a jugar al fútbol, ¿por qué iba a querer volver a casa?

—Quizá vio a alguien conocido... Puede que se cruzase con alguien y decidiese irse con esa otra persona. Tal vez algún otro chico del barrio. ¿No pensaste en eso?

—Nunca se iría con nadie sin decírmelo.

—¿Por qué estás tan seguro?

—Porque lo sé. Es mi hermano pequeño.

—Quizá creyó que no pasaba nada.

—... Ya le he dicho que no, que nunca se iría con nadie sin pedirme permiso.

—¿Entonces, según tus palabras, nunca se ha ido a ninguna parte sin pedirte permiso?

—Eso es.

—¿Ni siquiera al colegio?

—Sí, al colegio sí, pero eso es distinto... Él no se iría sin mí si vamos juntos. Y no dejaría su balón. ¿Entiende? No se iría a ninguna parte sin el balón, ¿qué sentido tiene eso?

—Tranquilo... ¿Te encuentras bien? ¿Quieres parar y beber algo? ¿Te apetece un vaso de agua?

—No.

¿Seguro?

—Sí.

—De acuerdo... ¿Sabes si tu hermano tenía problemas en el colegio? ¿Alguien que le pudiera estar molestando?

—No.

—¿Estás seguro de eso?

—Sí.

—¿Totalmente seguro?

—¿Qué quiere decir?

—Bien, háblame de tus padres.

—¿Qué quiere saber de ellos?

—¿Tu padre suele pegaros?

—No... ¿Por qué lo pregunta?

—¿Nunca?

—No.

—¿Ni siquiera un azote de vez en cuando?

—Bueno, puede que alguna vez... pero... ¿Qué tiene eso que ver con la desaparición de mi hermano?

—De modo que es posible que os haya dado un azote de vez en cuando.

—Supongo que sí.

—¿Suele pegar a tu madre?

—¡No!

—¿Estás seguro?

—Sí. Puede que le grite alguna vez pero solo eso.

—Algunos vecinos dicen que a veces se oyen voces desde vuestra casa...

—Bueno mi padre algunas veces bebe de más...

—Entiendo, así que tu padre algunas veces llega borracho a casa y discute con tu madre con violencia, ¿no es eso?

—¡No entiendo estas preguntas!

—Tranquilo, chico. Tratamos de aclarar los hechos nada más. Intentamos averiguar por qué motivo tu hermano habría podido marcharse de casa.

—¡Pero ya les he dicho que él no se ha ido de casa! Ha tenido que pasarle algo. Él jamás se habría ido por su propia voluntad.

—Hijo, los chicos a su edad se escapan de casa continuamente. Es algo muy común.

—Pero mi hermano no. ¡Escuche lo que le digo! Él no se ha ido a ninguna parte. Estoy seguro. Estaba conmigo. Yo debía cuidarle y ahora se ha perdido... ¿Lo entiende? ¡Tienen que ayudarnos a encontrarlo, por favor! Todo lo que quiero es poder encontrarle y llevarle de vuelta a casa.

—Nadie pone en duda eso, tranquilo. Solo intentamos hacer nuestro trabajo.

(ahora llorando)

—Por favor, tienen que ayudarnos. Necesito encontrar a mi hermano... Él estaba conmigo. ¿Lo entiende? Se suponía que estaba conmigo... Es mi hermano pequeño... Se asusta mucho cuando se queda solo... Mi madre ni siquiera ha podido dormir en toda la noche. Tiene que volver a casa. Solo tiene once años ¡Por favor, hagan algo!

—De acuerdo hijo. Estamos en ello.

Caso: Desaparición de S.D.

Expediente 04/18

Entrevista nº 11

Julio 2018

—¿Qué cuánto hace que la conozco? Bueno bastante, no sé, solo nos vemos en verano y eso pero somos bastante amigas, sí. Nuestras familias se conocen como desde siempre. Me refiero a que nuestros padres salen juntos a cenar y otras cosas así.

—No, nunca se metía en problemas. En realidad es bastante callada. Alguna gente metía bulla con ella antes, cuando éramos más pequeñas, porque era más alta de lo normal. La llamaban jirafa y cosas así, los más mayores, sobre todo, pero ya no... No recuerdo nada raro, ni nadie que la molestara... No salía tanto en realidad, ni fumaba casi porros, ni nada.

—Bien: entonces estuvisteis juntas en la playa todo el tiempo que duró la fiesta. ¿Cierto?

—Sí.

—De acuerdo. ¿No os separasteis en ningún momento? No sé, para hablar con alguien por ejemplo... ¿Algún chico quizá?

—No...

—¿Estás segura?

—... Bueno, yo fui un par de veces a hacer pis y S.D. también... pero nada más aparte de eso.

—Bien. Antes has dicho que en las últimas semanas estaba tonteando con un chico del pueblo. ¿Puedes decirnos el nombre de ese chico?

—Claro. Se llama Miguel.

—¿Sabes cuál es su apellido?

—No... Solo me sé el nombre... Pero no es que estuvieran saliendo en plan novios ni nada de eso.

—Bien. ¿Sabes si había algún otro chico, aparte de ese Miguel con el que hubiese tonteado durante el verano? ¿Alguien que le gustase o con quien pudiese estar saliendo al mismo tiempo?

—No que yo sepa. No.

—¿Estás segura? ¿Nadie con quien hubiese salido antes? ¿Quizá el verano pasado? ¿Alguien a quien conociera a través de las redes sociales?

—No... Bueno, el año pasado tenía un novio en Madrid, pero no era tan serio y ya lo habían dejado.

—¿El año pasado?

—Sí.

—¿Recuerdas su nombre?

—No.

—De acuerdo. ¿Y dices que ya no estaban juntos?

—Sí.

—¿Estás segura?

—Sí, bastante.

—Bien. ¿Puedes decirme si había tenido problemas con alguien? ¿Alguna amenaza, alguien que pudiera estar molestándola?

—Ya se lo he dicho antes al otro policía.

—Responde a las preguntas por favor.

—No.

—¿Puede que saliera con alguien pero no te lo hubiera dicho?

—No.

—¿Por qué estás tan segura?

—Porque me lo habría dicho. Siempre nos lo contamos todo. Es mi mejor amiga en Jávea.

—Está bien. Volvamos a la noche del jueves, la noche de la desaparición. Quiero que te concentres en todo lo que puedas recordar sobre lo que hicisteis durante la fiesta en la playa, ¿entendido?

—Sí.

—Bien. ¿Habíais bebido?

—... Bueno, sí, claro... Bebimos un poco calimocho y eso. Como todo el mundo, pero no es que estuviéramos borrachas ni nada.

—De acuerdo, pero... ¿Diríais que habíais bebido bastante para no recordar todo lo que pasó con claridad?

—No, ya se lo he dicho no estábamos borrachas.

—Entonces... ¿Serías capaz de recordar exactamente todo lo que ocurrió?

—Sí, bueno ya se lo he dicho antes.

—¿Crees que es posible que alguien tuviera acceso a vuestra bebida durante la fiesta?

—¿Qué quiere decir?

—¿Crees que alguien podría haber echado algo en el vaso de S.D. sin que ella lo advirtiese?

—Bueno... no.

—¿Estás segura?

—Estábamos bebiendo todos del mismo vaso. ¿Entiende?

—¿Quieres decir que ella bebió siempre del mismo vaso que el resto de los chicos que estaban con vosotras?

—Sí. Eso es.

—De acuerdo.

—¿Recuerdas si te sentiste mal esa noche o la mañana siguiente?

—¿Qué quiere decir?

—Mal físicamente. Como si algo te hubiese afectado al estómago o tuvieses ganas de vomitar o mareos o alguna sensación extraña de cualquier otro tipo.

—No.

—Bien. ¿Te acuerdas de algo más que te parezca importante? ¿Alguna otra cosa que te llamara la atención? ¿Alguna persona? ¿Algo que te contara? ¿Algo que le hubiera ocurrido últimamente? Cualquier cosa, por insignificante que parezca.

—No... Bueno, nada especial. Ya se lo dijimos a los otros policías cuando nos preguntaron. No recuerdo nada especial. Nada que pasase durante la fiesta, ni los días anteriores, ni nada que yo recuerde que fuera extraño.

—¿Dirías que S.D. estaba preocupada por algo?

—¿Qué quiere decir?

—¿Te parecía que estaba contenta, pensativa, más callada de lo normal?

—Sí... Bueno, no sé. Algunas veces se quedaba bastante callada...

—¿Por algo concreto?

—No... No lo sé... Ya se lo he dicho antes que ella era un poco así.

—¿Así cómo?

—Pues eso. Que no hablaba tanto como nosotras. Pero no creo que le pasara nada. Me lo hubiera dicho, estoy segura. ¿Falta mucho? Estoy un poco cansada.

—Podemos parar cinco minutos si quieres.

—¿Puedo irme a casa?

—Aún no.

—Entonces prefiero seguir.

—¿Estás segura?

—Sí.

—Entendido. ¿Recuerdas cuándo hablaste con ella por última vez?

—Sí. Ya se lo he dicho antes.

—¿Puedes contármelo otra vez?

—... El viernes por la noche justo después de irse. Le envié un mensaje para saber si se vendría temprano a la playa por la mañana. Normalmente siempre quedamos para ir a la playa juntas pero esa noche se había ido antes de darme tiempo a decirle nada.

—¿Quieres decir que se había ido precipitadamente?

—No entiendo la pregunta.

—¿Quieres decir que se fue de repente de la fiesta?

—No... Ya le he dicho que no me di cuenta de que se había ido... Habíamos bebido un poco... ¿Sabe? Y no me acordé de preguntarle si iba a bajar a la playa en ese momento... Por eso que le envié el mensaje.

—De acuerdo. ¿Qué decía el mensaje?

—Ya se lo dije. No me acuerdo bien. Estaba en mi teléfono móvil. Me lo quitaron hace tres días. ¿Sabe si van a devolvérmelo ya?

—Sí pronto. Antes necesitamos que respondas unas cuantas preguntas más... Volvamos al mensaje, ¿recuerdas qué ponía en ese mensaje?

—No. No del todo exactamente.

Mostrándole un texto escrito en un folio.

—Decía «¿tbo mañana 11- playa, ok?»

Leyendo el folio con atención.

—Sí, creo que sí.

—¿Recuerdas si te contestó algo?

—No estoy segura, creo que puso ok.

—¿Te pareció que su voz sonaba como siempre?

—No... Bueno... Es que no hablé con ella... Era un mensaje de texto... Puso ok en el mensaje... ¿Entiende...? No es que hablase con ella ni nada de eso... Ya se lo dije a los otros policías.

—De acuerdo, disculpa. Continúa.

—¿Qué más quiere que diga?

—¿Qué le dijiste después? ¿Hubo más mensajes?

—No. Seguí de fiesta con el resto de la gente y ya no hablé con ella...

—Bien. ¿Cuándo te enteraste de que S.D. no había vuelto a su casa?

—Umm... Por la mañana me despertó mi madre porque su madre no la encontraba y pensaba que a lo mejor había venido conmigo a dormir a casa...

—¿Recuerdas a qué hora fue eso?

—No lo sé... puede que fueran las doce. Siempre me despierto tarde, pero puede que fuera más pronto, no estoy segura. Puede preguntarle a mi madre.

—De acuerdo, ¿recuerdas algún detalle más que te parezca importante? Algo que alguien haya podido decirte después...

—No. No sé nada más... Estoy cansada.

—¿Quieres que paremos cinco minutos?

—No, es igual.

—¿Quieres un poco de agua?

—No.

—Si estás cansada podemos retomarlo mañana.

—No, es solo que ya les he dicho todo lo que sé.

—Bien. Solo dos preguntas más. ¿De acuerdo...? ¿Habías visto antes esta publicación de Instagram?

(Se le muestra una fotografía extraída de la cuenta de Instagram de la testigo en la que aparece la menor desaparecida junto a la testigo y otras dos jóvenes identificadas como I.A. y L.G. Es una fotografía tomada en la playa cercana al lugar de la desaparición. La fecha es veinte de julio de 2018. Las cuatro chicas muestran una actitud divertida y sugerente y posan sonrientes lanzando un beso a la cámara. Tres de ellas, incluyendo la desaparecida, llevan pantalones vaqueros cortos de color azul claro y camisetas de tirantes sin identificaciones reseñables. La cuarta chica lleva pantalones vaqueros largos y una camiseta de manga corta con la palabra LEVIS escrita en letras grandes)

—Sí, claro. Es mía.

—¿Puedes explicarnos qué significa el hashtag #DCTS? Sorprendida.

—¿Qué significa...? Nada... Es solo... Es de una canción. Es la letra de una canción. Lo usábamos a veces...

—¿Quiénes?

—Todas.

—¿Todas quiere decir vosotras cuatro?

—Sí. En general. Todo el mundo del grupo... Es una canción.

—¿Y qué significa?

—Bueno es una abreviatura...

—¿Y qué significa en realidad?

—Bueno... Es... Dámelo como tú sabes... DCTS... Pero es la letra de una canción, solo eso.

—Ya... ¿No es una frase que le estuvierais diciendo a alguien? ¿No está dirigido a ninguna persona concreta?

—¿El qué?

—Ese hashtag. La frase «dámelo como tú sabes».

La testigo muestra algo de confusión y extrañeza.

—No. No. ¡Es una canción! No va en serio ni nada de eso.

—¿Estás segura?

—Sí, claro.

—¿No era un mensaje para alguien? ¿Alguien que estuviera en la playa esa noche? ¿Alguien a quien hubierais conocido?

—¡No, ya se lo he dicho!

—¿Estás totalmente segura?

La testigo asiente.

—Sí. Es lo que he dicho... Es la letra de una canción. La poníamos por eso. Nada más.

—De acuerdo. No tienes que ponerte nerviosa, solo intentamos encontrar cuanto antes a tu amiga. ¿De acuerdo? ¿Entiendes la importancia de tu declaración?

—Sí.

—¿Entiendes la importancia de que nos digas la verdad?

—Sí.

—¿Estás segura?

—Sí.

—¿Crees que hay alguna otra cosa que no nos hayas contado que pueda ayudarnos a encontrar a tu amiga?

—No.

—Bien. Puedes marcharte ya. Muchas gracias por tu colaboración.

—Sí, vale. ¿Sabe cuándo van a devolverme el móvil?

Génesis 42:21

Entonces se dijeron el uno al otro: Verdaderamente somos culpables en cuanto a nuestro hermano, porque vimos la angustia de su alma cuando nos rogaba, y no lo escuchamos, por eso ha venido sobre nosotros esta angustia.

Llamada Telefónica entre A.G. Sentinel y la Comandancia de la Guardia Civil de Jávea

Primeros días de septiembre 2018

A.G. Sentinel: Gerardo. ¡Cuánto tiempo! ¿Cómo estás? Gracias por responder mi llamada. Imagino que estaréis muy ocupados... No pretendo molestarte más de lo necesario.

G.C.: No hay problema. Me dieron el recado. Todo bien por aquí. ¿Cómo te va a ti? Ha pasado mucho tiempo desde la última vez que hablamos. ¿Cómo está tu mujer?

A.G. Sentinel: Bien, me sigue aguantando. ¿Y tu familia?

G.C.: Lo mismo.

A.G. Sentinel: Bien... Supongo que eso ya es algo.

G.C.: (sonriendo) Supongo que sí.

A.G. Sentinel: Oye, iré al grano. Ya sabes que no me gusta hacer llamadas de cortesía. Necesito información sobre esa chica desaparecida que andáis buscando.

G.C.: ¿Qué clase de información?

A.G. Sentinel: Cualquier cosa, ya sabes...

G.C.: ¿Puedo saber por qué te interesa?

A.G. Sentinel: Bueno, digamos que estoy investigando algo que podría tener algún tipo de relación... no te molestaría si no tuviera un motivo importante, pero no puedo darte detalles.

G.C.: En ese caso estamos igual. La investigación está abierta y ya sabes que no puedo proporcionarte ningún dato.

A.G. Sentinel: Dime al menos si tenéis algo, ¿ok? Solo eso.

(tras un silencio)

G.C.: Nada sólido todavía.

A.G. Sentinel: ¿Nada?

G.C.: Eso he dicho... La búsqueda se está haciendo interminable. Al principio rezamos porque se hubiera marchado por propia voluntad. Ya sabes cómo son las crías hoy en día... Pero los días pasan y el asunto no tiene buena pinta.

A.G. Sentinel: ¿Por qué?

G.C.: Imagínatelo... Hacía tiempo que no nos encontrábamos un caso así. Desde que salió en la prensa no podemos dar un paso tranquilos. Los de la tele se han vuelto locos. Tenemos un montón de reporteros merodeando a todas horas y los de arriba aprietan...

A.G. Sentinel: Algún indicio tendréis...

G.C.: Ya te he dicho que no puedo darte detalles... Tenemos dispositivos desplegados peinando cada palmo. Es una zona muy escarpada. Hemos traído drones y perros de Madrid. Hay más de doscientos voluntarios y los de la científica han rastreado cada palmo, pero aún no hemos dado con nada sólido... En cierta medida es como si se la hubiese tragado la tierra... ¿Vas a decirme ahora por qué te interesa el caso?

A.G. Sentinel: Bueno... Va a sonarte extraño, pero creo que el asunto podría tener relación con otra desaparición anterior. Un caso antiguo. Es solo una posibilidad remota...

G.C.: ¿Un caso antiguo?

A.G. Sentinel: Sí, algo que ocurrió hace más de veinte años... Ya te he dicho que es no es muy probable que exista conexión...

G.C.: ¿Veinte años? ¿De qué coño hablas? ¿En esta misma zona?

A.G. Sentinel: No puedo decirte nada más de momento. Es posible que pase por allí. ¿Podríamos vernos y hablarlo en persona?

G.C.: ¿Por qué no me dices antes a qué viene esto?

A.G. Sentinel: Ya te lo he dicho... estoy siguiendo el rastro de un menor que desapareció hace años.

G.C.: ¿Has vuelto a trabajar por encargo?

A.G. Sentinel: Más o menos.

G.C.: Dime qué es lo que tienes.

A.G. Sentinel: No tengo nada. Podría tratarse de una simple coincidencia. No puedo hablar más. Y menos por teléfono.

G.C.: Sabes que si tienes algo puedes estar cometiendo un delito.

A.G. Sentinel: No me jodas con eso.

(silencio)

A.G. Sentinel: Dime solo una cosa más. ¿Quieres? ¿Habéis encontrado algo raro? ¿Alguna clase de carta? ¿Alguna nota? ¿Algo que se salga de lo normal?

G.C.: ¿Qué quieres decir?

A.G. Sentinel: Solo respóndeme a eso.

G.C.: No sé qué cojones te pasa... Pero no tenemos nada de eso. La chica desapareció sin más. No dejó ninguna nota. Nada escrito que hayamos encontrado... ¿Por qué no te dejas de gilipolleces y me cuentas qué pasa?

A.G. Sentinel: De acuerdo, escucha... Estaré por allí dentro de un par de días. Te diré lo que tengo entonces. ¿De acuerdo? Pero solo si antes me dejas echarle un vistazo al informe.

G.C.: No puedo hacer eso.

A.G. Sentinel: Lo sé. Te llamaré cuando llegue.

G.C.: De acuerdo.

(Saúl)
8 de septiembre
13:03h

En la primera fotografía se ve a mi madre. Está de pie apoyada sobre un espigón con la silueta recortada por el mar y el cielo. Lleva puesto un vestido fresco de verano sin mangas de color verde claro, que no recuerdo haberle visto nunca antes y su piel brilla por efecto del sol. Parece muy joven. Quizá más joven de lo que yo soy ahora. Diría que parece feliz, aunque no puedo saberlo.

En la siguiente estamos los cuatro. Es una de las pocas fotografías que tenemos juntos. Debió de hacerse unos quince o veinte años después de la primera. Creo que es de un par de veranos anteriores a la desaparición de mi hermano. La foto está un poco velada por efecto del tiempo y la mala calidad del papel, pero aún así se ve con suficiente claridad. Mi hermano y yo posamos juntos de pie, apoyados el uno en el otro, junto a un árbol. Vamos vestidos con bañadores de playa y camisetas de manga corta y estamos descalzos. Parecemos despreocupados. Mi padre está a nuestro lado, sentado sobre lo que parece un tronco cortado. Sujeta una botella de cerveza en la mano derecha. Mi madre está a su lado e intenta sonreír. Tuvo que ser el verano que pasamos con mis tíos maternos en Lo Pagán. La refulgencia del estío ha velado un poco la fotografía, pero aún puede distinguirse el patio trasero de la casa que daba a una especie de corral y a un huerto pequeño.

Hay otra fotografía más de mi hermano, el día de su comunión, vestido con un traje azul oscuro de marinero, con el pelo repeinado, la raya fija en el lado derecho y las pecas amontonándosele en las mejillas. Y otra de la misma época, tomada en las pistas de fútbol del patio trasero de nuestro colegio, en la que se le ve sonriendo, con el pelo revuelto y mojado, sentado sobre su balón.

Sentinel está sentado a mi lado, sobre el suelo de mi apartamento, analizando cada objeto como si pudiese ayudarnos a reconstruir el pasado. Tengo la impresión de que respira con dificultad por el calor, pero no dice nada. Han pasado varios días desde la última vez que nos vimos.

—¿Ha encontrado algo más?

Niego con la cabeza. La caja es lo único que conservo de la antigua casa de mis padres. Las pocas fotografías familiares y objetos de nuestra infancia, están guardadas allí. Hacía años que ni siquiera la abría. Hay algunas fotografías más, la mayoría pertenecen a celebraciones familiares, en las que aparecen también mis tíos y algunas otras personas de la edad de mis padres a las que no reconozco. En casi todas se nos ve dispersos y despreocupados sin prestar atención a la cámara.

Sentinel se mantiene ocupado, husmeando entre las instantáneas. Entremezclada entre el resto de imágenes aparece de improviso una foto de Lucía y mía desparejada. No sé en qué momento pude guardarla allí. Tal vez lo hice el día en que dejé el apartamento que compartíamos y volví a este reducto estrecho. Se nos ve a los dos sonriendo, abrazados por la cintura, durante el único viaje que hicimos juntos recorriendo la costa de Portugal. La observa durante un momento.

—¿Es su exmujer?

Asiento.

—Una chica atractiva...

—Sí...

Supongo que espera que diga algo más, pero no lo hago.

Seguimos revisando el resto de objetos del interior de la caja en silencio después de eso: El viejo cuaderno azul en el que mi madre apuntaba todas nuestras cosas cuando éramos niños: peso, medida, alergias, vacunas. El carnet de fútbol de mi hermano, una vieja colección de cromos... Lo último que sale del fondo de la caja es un recorte de periódico del barrio. Tiene fecha del mes posterior al que desapareció mi hermano. En un pequeño recuadro subrayado en una esquina en la página de sucesos se recoge una noticia de apenas media columna: «Continúa la búsqueda del menor desaparecido hace un mes en nuestro distrito. Una pequeña manifestación recorrió el pasado lunes las calles del barrio para tratar de encontrar una pista sobre el paradero del menor que responde a las iniciales L.O. El chico fue visto por última vez el mediodía de un jueves cualquiera, cuando se dirigía a jugar al fútbol en un parque cercano. La familia lo ha estado buscando desde entonces y ha difundido una fotografía del chico, por si algún vecino hubiera visto algo o tuviera alguna pista sobre su paradero. El menor, que tiene once años de edad, vestía pantalón corto vaquero azul claro y una camiseta blanca. La policía no descarta la huida voluntaria».

Sentinel relee el recorte con cuidado.

—No lo recordaba —es lo que digo.

—¿Por qué cree que la policía insistió tanto en la huida voluntaria?

—No lo sé.

—¿Su hermano se había marchado de casa alguna vez?

—Nunca.

—¿Y usted?

—Tampoco.

—¿Había amenazado con marcharse?

—¿Mi hermano?

—Cualquiera de los dos.

—No.

—¿Ni siquiera en alguna rabieta?

—No.

—¿Sabe si desapareció algún otro chico de la misma edad de su hermano en el barrio durante aquella época?

—No.

—¿No lo sabe o no lo recuerda?

—No lo sé.

—¿Recuerda alguna visita extraña en su casa? ¿Algún amigo o conocido de sus padres que los visitase en aquella época de forma inesperada?

—Ya me lo preguntó el otro día, no.

—¿Tal vez alguien merodeando su edificio, o en el portal?

—No.

—¿Algo que su hermano pudiera decirle que se saliera de lo normal?

—No.

Asiente lentamente. Luego echa otro vistazo a las fotografías antes de volver a colocarlas cuidadosamente de nuevo en la caja.

—¿Sabe...? Existe un experimento, sobre la jerarquía de los recuerdos. Un grupo de científicos de una de esas universidades americanas utilizó a varios voluntarios para evaluar la fragilidad de la memoria. Buscaban averiguar cómo funciona el cerebro cuando se trata de recuerdos cotidianos. Querían descubrir cómo funciona nuestra memoria, de modo que eligieron un grupo de distintos voluntarios, de edades y profesiones diversas. Todos hombres. Y los pusieron a prueba. El objetivo era que recordasen la palabra «arena». Para llevar a cabo el experimento emplearon dos imágenes distintas para asociar el recuerdo. Una era una imagen de la actriz Marilyn Monroe, la otra de un simple sombrero. De modo que los voluntarios vincularan la palabra «arena» con una de aquellas dos imágenes mentales: «Marilyn» o «el sombrero». La señorita Monroe, tumbada al sol en la playa, y un sombrero cubierto de arena. Durante la prueba se monitorizó la actividad de los sujetos en la zona dedicada a almacenar la información visual del cerebro, de modo que se pudieron identificar los patrones que se producían al visualizar ambas imágenes. Posteriormente, al conducir a los voluntarios a otra habitación donde estaba escrita la palabra «arena» sobre una pared, los sujetos fueron capaces de recordar las dos imágenes mentales sin mayores problemas. Pero eso solo ocurrió en un primer momento. Lo que se llama «Recuerdo inmediato». Tras esperar unas horas y repetir la prueba la mayoría de los sujetos solo eran capaces de recordar la imagen de Marilyn. ¿Lo entiende? El sombrero había quedado diluido en su memoria... Es así como funciona. Nuestra mente selecciona qué recordar de manera subconsciente... Probablemente usted vio algo aquel día. O alguien vio algo, pero nadie almacenó ese recuerdo. No le otorgó relevancia. Ocurre así en la mayoría de las ocasiones. La mente nos traiciona de un modo tan sutil que nos pasa desapercibido. A veces sucumbimos a un engaño, y otras veces, simplemente, somos víctimas de un sesgo aleatorio. Igual que ocurre con la magia. Eso es lo que complica cualquier caso de desaparición.

—Quiero que sepa que le agradezco que haya decidido ayudarme.

Es lo que digo.

Las palabras me salen un tanto trabadas, pero supongo que consiguen destensar el aire. Él me mira y asiente. En el transcurso de las últimas semanas es el único ser humano con el que he hablado y empiezo a sentirme extrañamente vulnerable en su presencia.

—No tiene que darme las gracias... Me ha contratado para esto. Solo trato de hacer mi trabajo.

Asiento.

—¿Le apetece algo de beber?

Niega con la cabeza.

—... Dentro de un par de días saldré hacia Jávea —es lo que dice—. Tengo un contacto en la policía y me debe un favor. Ya he contactado con él. No quiero que se cree falsas esperanzas... ya le he dicho que no creo que exista ninguna relación real entre ambos casos, pero, aun así, en el caso de que haya algo en todo este asunto que se nos escapa, es posible que allí podamos encontrarlo... He pensado que podría acompañarme... si no tiene otra cosa mejor que hacer. ¿Qué le parece? Si todo este asunto resulta ser tan extraño como aparenta, tal vez quien sea que le enviara ese paquete esté esperando verle aparecer en su último escenario.

CASO 3. EEUU.
Etan Patz: El chico del cartón de leche
Nueva York, 1979

La mañana del veinticinco de mayo de mil novecientos setenta y nueve, Etan Patz, salió de su casa del SoHo en Manhattan (Nueva York) para coger el autobús que debía llevarle al colegio. El trayecto era de apenas cien metros. Etan tenía seis años y aquella era la primera vez que salía de casa sin la compañía de sus padres. La noche anterior, una de sus hermanas menores se había puesto enferma y aquella mañana, al ver que podía llegar tarde a sus clases por culpa de aquel imprevisto, Etan le pidió a su madre que le dejara hacer el recorrido hasta el autobús escolar solo, «Está bien, mamá. Otros niños lo hacen. Yo también puedo hacerlo». Eso fue lo que el pequeño Etan le dijo a su madre, Julie Patz. Eso fue lo que ella testificó después ante la policía y ante los medios de prensa y radio que se apostaron frente a su apartamento para cubrir la noticia.

Etan ya había suplicado a su madre que lo dejara ir solo al colegio muchas otras veces, «Tampoco ese día quería dejarle ir, pero lo hice». Aquella mañana de primavera el chico salió por fin solo de casa, con su mochila a la espalda y su gorra favorita de piloto ajustada en la cabeza. Su padre aún estaba en el baño afeitándose para acudir al trabajo y su madre se asomó a la escalera de incendios para verle marchar. Lo estuvo mirando desde la ventana de su apartamento hasta que dobló la esquina. Alzó la mano y lo despidió, hasta que lo perdió de vista tras el edificio. Nunca volvieron a verle.

Aquella tarde, alrededor de las tres, alarmada porque Etan no regresaba a casa tras la jornada escolar, Julie llamó al colegio. Allí le dijeron que el niño no había asistido a ninguna clase durante el día. Los profesores habían dado por hecho que el pequeño se encontraba enfermo en casa y no dieron la voz de alarma. Fue entonces cuando los Patz empezaron a temerse lo peor. Durante los días y semanas siguientes el barrio entero se movilizó buscando al muchacho, pero, aunque se detuvo a algún sospechoso de la zona, la policía no fue capaz de recabar ninguna pista fiable sobre el paradero del chico.

Desde el principio el caso fue tomando una enorme relevancia pública en toda la ciudad. Las circunstancias especiales de la desaparición de Etan y sus propios rasgos físicos hicieron que muchas familias empatizaran enormemente con la situación que atravesaban los Patz.

La movilización en el barrio fue enorme, pero, a pesar de los esfuerzos policiales por localizarle con vida, desde el principio las autoridades y la opinión pública se temieron lo peor. De aquellos días sus padres nunca olvidarían la petición que un reportero gráfico le hizo a su madre: «¿Le importaría llorar un poco ahora? Así no tendré que volver y molestarla de nuevo cuando encuentren el cuerpo».

El hecho es que los agentes asignados a la investigación y los numerosos voluntarios, nunca dieron con ninguna pista que condujera al muchacho, a pesar de los continuos llamamientos de los periódicos y de que la cara del pequeño Etan fuera de las primeras en imprimirse en los cartones de leche por todo el país, con la idea de que alguien, en alguna parte, pudiera reconocer la cara del muchacho durante el desayuno, y aportar alguna pista que ayudase a aclarar su paradero.

De hecho, el caso alcanzó tal repercusión que el propio Presidente de los Estados Unidos de la época, Ronald Reagan, declaró el veinticinco de mayo como *Día Nacional de los niños desaparecidos*, en honor al pequeño. Tampoco así se consiguió encontrar al chico.

Durante las tres décadas siguientes el caso de Etan Patz continuó siendo un enigma y un foso de desesperanza para su familia y, en cierto modo, para toda la ciudad de Nueva York. Sin embargo, ya apenas nadie recordaba el caso cuando un día cualquiera del año dos mil doce, un hombre contactó telefónicamente con las autoridades de la ciudad manifestando que su cuñado, un hombre llamado Pedro Hernández, podía estar involucrado en la desaparición del pequeño Etan.

De inmediato los agentes comprobaron que la llamada, aunque atípica, podía contener información relevante y se pusieron en alerta. Pronto descubrieron que, en el momento de la desaparición del muchacho, Hernández trabajaba como mozo en un almacén de alimentos, en una tienda situada cerca de la parada en la que Etan debía coger el autobús para ir a la escuela aquella mañana. Pocos días después lo detuvieron. Tras ser interrogado por la policía, Hernández se desmoronó casi de inmediato y confesó el crimen. De hecho, describió sin titubeos ante los agentes cómo aquella mañana había visto al muchacho detenerse en el escaparate frente a la tienda en la que trabajaba. Cómo lo había convencido de que entrara, con el pretexto de proporcionarle un refresco, y cómo después lo había conducido escaleras abajo hasta el sótano del local donde lo había asfixiado hasta la muerte, para meterlo después en una caja de cartón y deshacerse de él. Según Hernández después de eso, recorrió un par de manzanas y arrojó la caja con el cuerpo del muchacho a un contenedor de basura un par de bloques alejado del lugar del crimen. Sin embargo, a pesar de la confesión del hombre, la falta de pruebas y algunas inconsistencias en el relato del presunto culpable hicieron que, durante el juicio posterior, el jurado manifestase sus dudas y terminase dejando a Hernández en libertad. Tres años después de aquella primera vista, en dos mil quince, el caso volvió a reabrirse en base a nuevas pruebas circunstanciales, pero de nuevo, tras meses de nuevas deliberaciones, un juzgado rechazó la culpabilidad del sospechoso, aceptando las alegaciones de la defensa del acusado, que se referían a Hernández como un hombre con problemas mentales, rasgos esquizofrénicos, e inteligencia limitada, que podía haberse confesado culpable por un mero afán de protagonismo. A pesar de todo los investigadores no desistieron. Convencidos de la culpabilidad de Hernández lograron que un nuevo tribunal reabriera el caso en dos mil dieciséis y esta vez sí, un nuevo jurado dictaminó, por diez votos a favor y dos en contra, que, a pesar de no existir evidencia física alguna, la confesión de Hernández y los detalles escabrosos sobre las últimas horas del muchacho, eran suficientes para culpabilizar al sospechoso. Hernández fue declarado culpable y el caso resuelto. Se pretendía cerrar así una de las desapariciones más misteriosas que habían sacudido a los EE.UU. y una herida que, de un modo u otro, había permanecido abierta en las conciencias de los habitantes del bajo Manhattan durante más de treinta y cinco años.

Aunque la controversia sobre su verdadera culpabilidad siguió abierta tras el juicio, Stanley Patz, el padre de Etan, se mostró tremendamente agradecido por haber podido po-

nerle un rostro al culpable de la desaparición de su hijo y
encontrar algo de paz por fin para su familia, casi cuarenta
años después de que el pequeño Etan saliera una mañana
cualquiera del apartamento familiar camino de su escuela,
para no regresar nunca.

S.D.

ESTÁ MUY OSCURO

Mírame. Abre los ojos. Puedes hacerlo.

¿Tienes sed?

Todavía no puedes irte. ¿Me oyes bien?

Aún no... Schsssss.

Bebe. Eso es. Moja tus labios.

La misericordia del Señor es infinita.

No tengas ningún miedo.

¿Crees en la redención?

¿Sientes la electricidad? ¿No es cierto? ¿Puedes sentirla?

No cierres los ojos. ¿Me has entendido? No cierres los ojos.

DUELE

(Saúl Oliver)
12 de septiembre

Son más de las dos de la tarde y voy conduciendo por la autopista. Hace tanto tiempo que no me sentaba detrás de un volante que me cuesta un poco mantener la concentración y tengo que esforzarme por mantener la vista fija en las rayas blancas de la carretera. El estrecho cubículo desprende un ligero aroma rancio, una mezcla de colonia barata y tapicería desgastada por el paso de tiempo. Es el coche de Sentinel, pero ha insistido en que yo lo llevara. *Hace mucho que no conduzco, tendrá que hacerlo usted.* Acabamos de reanudar la marcha después de parar por segunda vez a tomar un café y estirar las piernas en uno de esos locales sin alma que salpican la carretera. Sentinel tenía ganas de orinar. *Mi mujer quiere que consulte un médico, pero cuando uno llega a mi edad, no tiene prisa por recibir ciertas respuestas.* Ahora el tráfico resulta más fluido aunque empiezo a sentir el cansancio y me cuesta mantener las piernas encajadas entre los pedales de aceleración y el freno. Fuera el cielo está limpio de nubes, bañado por un sol caliente y blando que atraviesa la ventanilla y me pega de plano. Los pocos pueblos que salpican el árido paisaje de vez en cuando se suceden erráticos. Sentinel parece entretenerse con eso. Antes, mientras tomábamos un café, le he preguntado qué cree que pudo sucederle a mi hermano.

—Es imposible saberlo con seguridad...

—Lo sé, solo quiero saber qué piensa.

—Bueno... En realidad, ni siquiera tenemos la certeza de que no desapareciera por propia voluntad. Ya sé que usted descarta por completo esa posibilidad, pero nunca existen las verdades absolutas... En cualquier caso, si se trató de una desaparición no voluntaria, en base a mi experiencia, casos como el de su hermano solo pueden obedecer a tres causas... La más obvia es el depredador casual... Un individuo que elige a sus víctimas sin un patrón fijo, para satisfacer sus instintos inmediatos. Si nos encontrásemos ante ese supuesto debemos suponer que quien quiera que fuese actuó siguiendo un impulso y de forma aleatoria. Simplemente escogió a su víctima por una combinación fatal. Digamos que vio la oportunidad y actuó en consecuencia... Lo extraño en este caso es la fotografía y el paquete. ¿Por qué iba un individuo así a contactar con usted tanto tiempo después?

»La segunda posibilidad es el accidente casual: puede que su hermano fuese víctima del azar, tal vez sencillamente se encontrase en el lugar equivocado en el momento menos oportuno o tal vez viera algo indebido, aunque no parece probable por el escaso margen de tiempo desde que usted le perdió de vista... O quizá simplemente sufriese alguna clase de accidente fortuito que alguien se ocupó de ocultar, de forma improvisada, para evitar consecuencias. En mi opinión es una posibilidad plausible. Alguien pudo atropellarle, por ejemplo y ocultar su cuerpo por una reacción instintiva. El problema de esta hipótesis vuelve a ser el de antes... el escaso margen de tiempo que transcurrió entre el momento en que usted le perdió de vista en la calle y su desaparición... Eso, y el hecho de que todo ocurrió a plena luz del día por lo que no parece factible que no hubiera ningún testigo... Y, de todos modos, seguiría sin explicar la cuestión del paquete y la macabra conexión con la desaparición de esa chica tanto tiempo después...

—¿Cuál sería la tercera?

—¿Qué?

—Ha dicho que había tres causas posibles.

—Bueno... Cabe la posibilidad de que su hermano se convirtiera en la víctima aleatoria de una, digamos, organización... La hipótesis aquí contempla desde el tráfico de órganos con fines económicos, hasta otro tipo de ceremonias aberrantes en las que prefiero no extenderme...

—¿Quiere decir que pudo llevárselo una secta... para utilizarlo?

Sentinel me mira. Creo que adivina el terror en mis ojos.

—... Verá, vivimos en un mundo complejo y oscuro... La mayoría de la gente prefiere pensar que no es así, pero créame, hay mucha más podredumbre ahí fuera de la que puede imaginarse... Y ocurre prácticamente en cada estrato social, aunque a algunos les resulta más sencillo que a otros dar rienda suelta a sus macabros placeres... El ser humano puede llegar a ser realmente peligroso y nunca tiene límites. Y ahora imagine el poder ilimitado y la impunidad absoluta. ¿Cree que esa clase de gente se autoimpone algún límite moral?

Intento asimilar el alcance de sus palabras sin dejarme llevar por el abismo al que me he asomado muchas veces.

—Esa opción encajaría con el modo en que a su hermano se le perdió el rastro y, al mismo tiempo, explicaría lo de la foto y esa especie de broma macabra... Quien quiera que le haya enviado el paquete dispone de recursos y le ha estado «observando»... Aunque sigue sin haber una razón para comunicarse ahora con usted.

Después de eso se queda callado. Vuelvo a fijar la vista en la carretera. Rebasamos un par de fábricas solitarias y varios campos de trigo y cebada. De vez en cuando un coche acelera por el carril izquierdo y nos rebasa. Me limpio el sudor de la frente con el dorso de la mano. No me encuentro bien, pero tampoco quiero detenerme ahora. El espejo retrovisor me devuelve un reflejo gris y desgastado. Conecto la radio casi por instinto, para tratar de mantenerme alerta. El boletín informativo del mediodía repasa la actualidad y termina dando parte de las últimas informaciones sobre el caso de la chica:

«Según han informado fuentes de la investigación a este medio, los grupos de rescate que peinan la zona encontraron ayer por la tarde un objeto que podría ayudar a la localización de la menor en una de las zonas de búsqueda, próxima a la costa. Se trata de un avance importante cuando se cumple más de un mes desde que la joven fue vista por última vez. El objeto parece que ha sido ya identificado por la familia de la menor, por lo que los investigadores creen que podría tratarse de una pista fiable».

Después de eso pasan a desgranar la actualidad deportiva.

Sentinel entreabre los ojos.

—No tienen nada.

Aparto un segundo la vista del asfalto reseco para mirarle.

—Es un señuelo...

—¿Cómo?

—No tienen nada... Intentan que alguien se ponga nervioso y de un paso en falso.

Después de eso da un sorbo corto a la botella de agua que ha dejado en el posavasos que hay junto al freno de mano, vuelve a girar la cabeza hacia la ventanilla y se queda callado.

Declaración policial María del Carmen García Prieto

Denuncia de posible desaparición del menor Lucas Oliver, de once años

13-04-1993

—Bien señora, ¿puede repetirme su nombre completo?

—Mari Carmen García...

—De acuerdo. ¿Puede decirme cuál es su relación con el menor desaparecido Lucas Oliver?

—(sollozando) Soy su madre... ¿Por qué me lo preguntan tantas veces?

—Sí, bien, es el procedimiento... Intente tranquilizarse, terminaremos enseguida. ¿Puede decirme cuándo vio por última vez a su hijo?

—Ya se lo he dicho antes, el mismo jueves.

—¿Puede ser más específica?

—¿Qué quiere decir con eso?

—¿Puede repetirlo, con todo detalle?

—El jueves, sobre las nueve y media de la mañana. Lo dejé en casa al cuidado de mi hijo mayor... Después cogí el autobús que va al centro para hacer unas compras, porque mi marido no estaba en casa... Pensaba volver a tiempo para la comida (sollozando de nuevo). Todo esto es culpa mía... Si no les hubiera dejado solos nada de esto habría pasado...

—Señora, si no se encuentra bien puede volver a completar la declaración más tarde...

—No... No quiero volver más tarde... Lo único que quiero que me devuelvan a mi niño...

—De acuerdo, bien. ¿Recuerda si notó algo raro en el comportamiento de su hijo Lucas esa mañana?

—... No... no noté nada raro... Acababa de despertarse... Solía levantarse tarde pero ese día madrugó... Me dio un beso en la cocina y lo dejé con su hermano, desayunando... Nada más... y luego, cuando volví a casa sobre la una, mi otro hijo me dijo que lo había perdido en la calle (sollozando con más fuerza).

—¿Qué puede decirnos de su otro hijo?

—¿Saúl? ¿Qué pasa con él?

—¿Notó algo raro en él?

—¿Qué quiere decir con eso? (llorando con más fuerza) ¿Raro de qué? Estaba desesperado como nosotros... Había perdido a su hermano...

—Está bien señora, intente tranquilizarse. ¿Recuerda alguna otra cosa que no nos haya dicho en sus declaraciones anteriores?

—No.

—¿Está totalmente segura?

—Sí.

—Bien... ¿Cree que es posible que su hijo decidiera marcharse de casa voluntariamente por alguna razón?

(interrumpiendo entre llantos)

—Mi niño no se ha marchado. Ya se lo he dicho. ¡No se ha marchado! ¡Por favor! Tienen que dejar de repetir eso y encontrarlo... ¡Solo tiene once años! ¿Lo entiende? Se lo ha llevado alguien. ¿Me están escuchando? Su hermano lo perdió de vista en la calle... Tienen que salir ahí fuera a buscarlo... ¡Por favor! Lo único que hacen es hacernos preguntas... ¡Dígame que hay alguien ahí fuera buscándolo!

¿Entienden lo que les digo? ¡Es mi niño! Solo tiene once años.

—Sí, desde luego señora... hacemos lo que podemos... Lo dejaremos aquí de momento. ¿De acuerdo? Si no se encuentra bien podemos llamar a un médico... Tiene que intentar tranquilizarse. Estamos haciendo todo lo posible. ¿De acuerdo? Por favor, intente respirar, si quiere puedo traerle un vaso de agua.

(Saúl Oliver)
Hostal en la costa de Jávea

Es mediodía cuando llegamos al hostal en el que hemos reservado dos habitaciones. Dejo aparcado el coche bajo la sombra escuálida del único árbol que resguarda el pequeño aparcamiento para clientes que hay justo frente a la entrada y cojo del maletero mi bolsa de viaje. Sentinel hace lo mismo. Apenas ha traído una pequeña maleta de mano que parece tener más de un par de décadas. El exterior del edificio es blanco y sin pretensiones y proyecta la impresión de cualquiera de esos establecimientos costeros aseados, en los que los turistas británicos aprovechan el bochorno para arrojarse borrachos desde los balcones. Un hostal cualquiera de apenas cuatro plantas, con un cartel luminoso adosado en la esquina de la fachada y tres estrellas escuetas. Sentinel me adelanta. El calor aprieta de lleno y resulta difícil respirar. Dentro el aire condicionado funciona a pleno rendimiento. Apenas nos cruzamos con otro par de huéspedes en traje de baño que se quedan mirando un poco de soslayo al vernos pasar. Al fondo tras el mostrador de recepción, un tipo enjuto y servicial nos da la bienvenida: Se asegura que hablamos castellano, pregunta nuestros nombres para chequear la reserva, nos solicita la documentación y prepara enseguida dos tarjetas magnéticas que deja sobre el mostrador junto a un folleto turístico de la zona.

—Las habitaciones se abren con su llave magnética, procuren no perderla. Sobre el escritorio de su habitación encontrarán un sobre pequeño con una tarjeta en la que tienen escrita la clave wifi en la parte de atrás. Las habitaciones disponen de aire acondicionado y televisión por cable y hay una pequeña piscina para clientes en el exterior del edificio. Justo a la izquierda según salen por la entrada principal. Hay un cartel fuera y no tiene pérdida. Disponemos de un restaurante propio para clientes, pero si quieren cenar deberán realizar la reserva con antelación. El desayuno está incluido en su reserva, tienen en el horario impreso en la pared del fondo y en el interior del ascensor. La cafetería permanece abierta hasta la medianoche. Si necesitan toallas adicionales pueden llamar a recepción. Para cualquier otra cosa estaremos encantados de atenderles. Les deseamos una muy feliz estancia.

Nuestras habitaciones están situadas en el ala izquierda de la primera planta al salir del ascensor, justo al fondo de un estrecho pasillo, junto a lo que parece la salida de incendios del edificio. Sentinel camina delante y se detiene frente a la puerta de la habitación 109.

—Esta es la mía... Podemos acomodarnos y refrescarnos un poco. ¿Le parece bien? Intente descansar un rato, yo iré luego a echar un primer vistazo por los alrededores del pueblo... Si quiere podemos encontramos abajo, sobre las ocho, para la cena.

Asiento y entro en mi cuarto. La habitación me resulta algo estrecha aunque soleada. Dejo la mochila en la que he traído todo mi equipaje junto a la cama, me descalzo y me dejo caer sobre el colchón. La espalda me cruje. El lugar parece limpio. El suelo desprende un leve olor a lejía y amoniaco. Tengo el cuerpo agarrotado por culpa de los kilómetros al volante y la tensión acumulada de los últimos días y empiezo a dudar que haya sido buena idea haber venido hasta aquí, pero el olor inconfundible a mar que se cuela por la ventana entreabierta consigue amortiguar un poco mi ansiedad. *¿Qué es lo que estoy haciendo?* Hace apenas un mes desde que recibí el paquete en mi apartamento y, desde entonces, nada de lo que ocurre termina por parecerme real.

Trato de cerrar los ojos y no pensar en nada, pero no resulta sencillo.

«Aproveche si quiere para descansar un rato. Yo echaré un vistazo por ahí a ver qué encuentro».

Eso me da unas cuatro horas libres. Demasiado tiempo vacío que rellenar. El plan es quedarnos un par de días por aquí, dejarnos ver y esperar. No hay mucho más que hacer. Esperar que ocurra algo. Esperar que algo tenga sentido. Sentinel tiene un contacto en la policía que tal vez pueda echarnos un cable. No ha dejado de repetírmelo.

«Aún así no se haga ilusiones. No hay ningún dato objetivo que nos lleve a pensar que vamos a dar con el paradero de su hermano. Todo este asunto no deja de resultar rocambolesco».

Lo sé. Pero resulta difícil no sentir un vértigo extraño alojado como un parásito en la boca del estómago. Enciendo la tele y la apago un par de veces. Siento como que las sienes me laten por dentro así que me incorporo para echar un vistazo al exterior. A un lado de la cama hay una ventana estrecha que da a la parte trasera del hotel. Un pequeño solar abandonado en el que yacen un par de autocaravanas a medio desguazar, dos sombrillas de playa descuartizadas por el sol y lo que parece una antigua boya de amarre abandonada. Dentro el cuarto de baño resulta angosto, aunque suficiente. Alivio la vejiga y me refresco la cara. Tengo mal aspecto. Tal vez luego me de una ducha rápida y salga a caminar un rato. Echo un vistazo a la pantalla del móvil. Hay un par de llamadas perdidas de Lucía y algunos mensajes sin contestar. También hay dos mensajes de texto de Lula, que no he leído, de hace un par de días. Abro el primero. Quiere saber si estoy bien.

«¿Te encuentras bien? Dime algo, podemos vernos si quieres. Puedo llevarte a comer. ¿Qué tal el martes? Te llamaré después».

Quizá debería decirle donde estoy, pero no parece tener ningún sentido. Levanto la vista. El ventanal arroja un perfil despejado, la línea suave del horizonte desdibujada por la calma escueta del atardecer. Saco de la maleta el frasco con las pastillas para dormir al que recurro desde hace meses y me trago un par de golpe. Necesito relajarme un poco para poder continuar. Por primera vez en mucho tiempo siento que vuelvo a estar físicamente cerca de aquel segundo que lo trastocó todo irremediablemente. Es un sentimiento orgánico, imposible de anestesiar. Han pasado veinticinco años y tres meses. Más de nueve mil doscientos días.

«Ve delante y espérame en la tienda. Vuelvo en cinco minutos».

Nunca después de eso he vuelto a permitirme perder nada de vista. *«Su problema es que ha desarrollado una obsesión por el control y un arraigado sentimiento de culpa».* Ahí fuera el cielo está a punto de diluirse pero el olor a salitre y verano aún impregna el aire. Los bañistas vuelven desde la playa descalzos, caminan despacio cargando sus sombrillas de colores chillones hacia sus apartamentos alquilados por quincenas, en urbanizaciones con piscina y tapias de buganvilla, y sus cenas al aire libre. Vidas ordinarias y despreocupadas. La clase de vida que no pude tener nunca. Algunos barcos de recreo regresan a puerto. Bajo la vista y vuelvo a la cama. Me dejo caer de nuevo, a plomo, sobre el colchón. Noto como me cruje la espalda por segunda vez. Apenas escucho amortiguado el sonido de algún huésped hablando por teléfono en alguna de las habitaciones contiguas. Cojo la libreta y mi bolígrafo de la mochila que he dejado apoyada sobre el borde de la cama. No tengo apenas fuerzas para respirar, pero empiezo a escribir.

Querida Lucía,

Sé que no te enviaré esta carta. ¿Por dónde empezar? Cualquier hombre sano y cuerdo habría sido feliz a tu lado. Podría empezar por decirte eso. Una vez me preguntaste qué necesitaba para ser feliz. No aspiro a ser feliz.

«Anestesiar mi cerebro»

Ese sería mi sueño. Sé que no sirve de nada lamentarme. Pero no puedo deshacerme del todo de esta tortura interna que arrasa cada hora de mi vida. Nada de lo que pueda hacer (de lo que pueda hacer nadie) podría cambiar el hecho de que no estoy completo. Recuerdo con detalle cuando nos conocimos, si eso significa algo para ti. Recuerdo aquella tarde y cómo tuve la impresión inmediata de haberte visto antes, de haberte querido enseñar a bailar... Y luego, sin casi darme cuenta, aquellas semanas extrañas de tregua, en las que quise creer que podía volver a empezar, por otro principio. Recuerdo querer olvidarte sin fuerzas mientras te abrazaba. Y después... aquel pequeño pueblo en la costa en Portugal. Tus pies descalzos sobre la almohada. Volví a escribir algunas frases, después de mucho tiempo. Tal vez no te parezca suficiente, pero es mucho más de lo que te imaginas...

Sé que hice algo terrible. Pero no puedo siquiera concebir la idea de tener un hijo. No podría contemplarlo sin sentir que ardo. No espero que lo entiendas. Tampoco que me perdones. Hace mucho tiempo que yo tampoco soy capaz de perdonarme. Soy un hombre amputado por dentro. Quizá eso te ayude. Tuve una sola vez suerte. Y fue contigo. Aún así no soy capaz de quererte. No como tú necesitas. Nunca debi-

mos casarnos. *Ahora resulta tan evidente. Quizá hubiera funcionado si yo no te hubiese importado... A veces pienso que mi vida no es real. Perdí de vista a mi hermano y lo entregué al infierno. Mi madre murió y fue por mi causa. No tengo nada a lo que agarrarme. Quiero que entiendas que no necesitas ir a ese psiquiatra. A ningún psiquiatra en realidad. No creo que necesites nada. Solo olvidarte de mí. Empezar de nuevo. No es tu mente la que está torcida. Toda mi vida resulta inconexa y maldita... Es imposible que lo entiendas. Solo hay una cosa que desearía, y nadie puede dármela.*

No tengo respuestas. Ni siquiera ahora mientras te escribo. Me cuesta demasiado poder respirar. Es verdad. Intento destruir todo lo que me rodea porque eso me ayuda a sentirme menos culpable. Lo sabes tú y yo también lo sé, pero no hay nada que podamos hacer al respecto. La mayor parte del tiempo paso por ser un tipo «normal». Como, me calzo. Voy al supermercado. Elijo productos que están en oferta y los echo en la cesta. Estampo mi firma digital en esos aparatos electrónicos y vuelvo a mi pequeño apartamento. Saludo amablemente a los extraños. Acudo a las citas que otros conciertan por mí. Respondo las preguntas de periodistas que son excesivamente amables y rara vez han leído lo que escribo. He aprendido a fingir si no se me observa de cerca.

Abandonarte ha sido lo más valiente que he hecho nunca. Puede que no lo entiendas. Es mi modo de quererte.

Saúl

Declaración policial Jacinta Molina - panadera

Denuncia de posible desaparición del menor Lucas Oliver, de once años
12-04-1993

—Bien, ya está, puede sentarse en esa silla.

—¿En esta?

—Sí. ¿Necesita algo? ¿Quiere un vaso de agua? ¿Quiere que abramos la ventana?

—No gracias, estoy bien.

—De acuerdo, en ese caso vamos a empezar... ¿Puede repetirme su nombre completo?

—Jacinta. Jacinta Molina Pérez... ¿Es importante eso?

—Ya se lo he dicho, es parte de la rutina. Es necesario para el informe. Bien, continuemos. ¿Qué es lo que quiere declarar exactamente?

—¿Qué quiere decir con lo que quiero declarar? Su compañero vino a la panadería. Estuvo haciéndome preguntas. Él y el otro policía. Y luego me dijeron que me pasara por la comisaría cuando tuviera un rato para prestar declaración como testigo por la desaparición del chico. Y por eso he venido.

—Sí, claro bien... A eso me refiero. ¿Podría decirme qué vio usted la mañana del jueves?

—¿Se refiere a qué vi durante toda la mañana?

—No, en concreto, cuando desapareció el chico. ¿Puede decirme qué recuerda de ese momento?

—Bueno, no mucho, es que en realidad yo no le vi desaparecer. ¿Entiende? Ni siquiera llegue a ver al chico en realidad... ya se lo dije a sus compañeros.

—Bien. Dígame entonces lo que recuerda. ¿Qué estaba haciendo en el momento en que supo que había un chico desaparecido?

—Bueno, ya se lo dije ayer al otro policía... Yo estaba atendiendo como todos los días detrás del mostrador, eran como las doce, tal vez la una... un día normal, quizá con menos trajín que de costumbre, ya sabe, por las fiestas. Generalmente hay mucha clientela que se marcha fuera a pasar la Semana Santa aprovechando la coyuntura, pero nosotros siempre abrimos los días de pascua de todos modos, porque hay clientes fijos del barrio que siempre pasan a comprar huesos de Santo y otras cosas así... ¿Es una palabra coyuntura, no?

—Sí, vamos a centrarnos en el chico. ¿Recuerda cuándo entró en su tienda? ¿Recuerda qué compró?

—En realidad no entró en la tienda, ya se lo he dicho antes...

—Entonces dígame qué ocurrió.

—Pues yo estaba tranquilamente en el mostrador, acababa de despachar a una clienta habitual cuando llegó corriendo un muchacho y preguntó por su hermano. Le reconocí enseguida, porque conozco a la mayoría de los chicos del barrio de toda la vida... No es que sepa el nombre de todo el mundo ni nada de eso, sobre todo de los más jóvenes, pero podría reconocerlos. ¿Entiende? Entran a comprar el bollo durante la hora del recreo, o a la salida de las clases, o a comprar cualquier cosa por la tarde... Van y vienen, a eso me refiero.

—Bien. Volvamos a ese muchacho en concreto ¿Está segura de que no vio entrar al chico en su tienda?

—Sí, eso he dicho.

—De acuerdo, continúe. ¿Qué ocurrió entonces?

—Como le digo, el chico entró corriendo preguntando si había visto a su hermano. Dijo que llevaba una pelota, creo. Me pareció muy nervioso. Como si hubiera ocurrido algo. Por eso me alarmé un poco. Me preguntó si había visto a su hermano pequeño. Le dije que no, que no había entrado ningún chico de esa edad en la tienda. Entonces me dio la impresión de que se ponía más nervioso todavía porque salió corriendo sin dar más razones, pero aún así no le di mayor importancia. ¿Sabe? Muchas madres entran y salen preguntando por sus hijos y vuelven luego, al cabo del rato, cargando con ellos... Ya sabe como son los críos de esa edad, una nunca sabe donde andan metidos...

—Continúe.

—¿Eh?

—Que prosiga. ¿Qué ocurrió entonces?

—Nada... No ocurrió nada que yo recuerde... Volví a mis cosas tras el mostrador, creo que atendí a otro par de clientas y un rato después volvió, el mismo chico. No habrían pasado más de diez o quince minutos creo yo... Volvió a preguntarme si había visto a su hermano pero esta vez estaba desencajado... Ahí fue cuando me preocupé de verdad, porque tuve la impresión de que el chico estaba demudado. ¿Sabe? Pálido y como a punto de caerse al suelo. Le dije otra vez que no había visto a nadie y él dijo algo como «le dije que esperara en la tienda» o algo por el estilo y volvió a salir corriendo... Entonces ya fue cuando salí afuera y empecé a escucharle gritar llamando a su hermano... Y luego, un rato después, fue cuando empezó a formarse el tumulto en la calle y uno de esos coche patrulla se detuvo justo delante del escaparate de la tienda y me preguntaron qué sabía de lo que había pasado.

—Bien... Dígame. ¿Cree que es posible que el chico sí entrase en su tienda pero, por alguna razón, usted no lo recordara o no llegara a verlo?

—No, no creo que sea posible.

—¿Por qué no?

—Porque llevo en ese mostrador más de treinta años atendiendo a la clientela. Sé lo que pasa y no pasa en mi tienda, y desde luego recordaría haber visto entrar a un crío de once años con un balón. Y más cuando no había nadie más ni estaba despachando...

—Está bien, de acuerdo, continúe.

—No hay mucho más que contar, como le he dicho salí a la calle y vi de lejos cómo el chico salía corriendo en dirección al parque de ahí enfrente, pero allí tampoco había nadie, y luego, al poco, empezó a llamar a gritos al hermano como desesperado y a pedir ayuda... Después le vi cruzar de nuevo corriendo, en dirección opuesta por mitad de la carretera. Imagino que iría hacia su casa... pero no puedo saberlo. Recuerdo que pensé que estaba fuera de sí y que era posible que algún coche se lo llevase por delante. Volvió de nuevo, como una media hora después. Quizá algo menos... Entonces empezó a venir mucha más gente del barrio. También policías. La calle se llenó de curiosos... Y luego un par de agentes, compañeros suyos, entraron en la tienda y me preguntaron si había visto algo. Me hicieron varias preguntas como las que usted me está haciendo ahora, pero yo no había visto a nadie tal y como le acabo de decir.

—¿Alguna cosa más que recuerde?

—Pues sí... Esa misma tarde, ya estaba a punto de cerrar cuando vino el padre del chico para hablar conmigo. Trajo algunas fotografías del muchacho por si me resultaba más fácil reconocerle así. El pelo más bien rubio y pecas, cara de travieso, un chico simpático, algo crecido para su edad.

—¿Qué más ocurrió?

—Nada. Me preguntó de nuevo si había visto a su hijo y si estaba segura de que el chico no había estado allí, pero, como le digo, el chico no había entrado en la tienda, porque ese día había poco movimiento y me habría dado cuenta... Tengo buena memoria para las caras. Y entonces se fueron y ya no me preguntaron más.

—¿Recuerda algo más de ese día?

—No sé qué decirle... Hubo mucho movimiento en la calle, eso lo recuerdo, gente del barrio que pasaba a preguntar qué había sucedido y se llevaba las manos a la cabeza... Pero creo que no fue hasta el día siguiente cuando empezaron a buscarle a fondo. Quiero decir que pegaron carteles con su foto en algunos comercios. Vinieron incluso a mi tienda a preguntar si podían colgar una foto del crío y les dije que sí. Sigue colgada ahí. Cualquiera puede verla. Le veo cada mañana antes de abrir. Una cara simpática... ya se lo he dicho... Luego la policía volvió a la tienda a preguntarme y uno de los policías me pidió que viniese hoy a comisaría para hacerme preguntas por si era capaz de recordar algo distinto... Y eso es lo que he hecho.

—Bien. Le agradecemos su colaboración. ¿Hay alguna otra cosa que recuerde o que quiera añadir?

—No... Como le decía a su compañero no puedo quedarme aquí hasta muy tarde porque tengo que dejar sola la panadería y he tenido que cerrar y a mediodía es cuando se acumula todo el trajín... Generalmente podría haberse quedado en mi puesto mi marido, pero lleva un par de meses aquejado de ciática y apenas si se puede levantarse y mucho menos atender el mostrador.

—Sí bien, muchas gracias, con esto es suficiente. Puede irse entonces.

—¿Han encontrado ya alguna pista de dónde puede estar el muchacho?

—No podemos facilitarle información sobre el caso.

—De acuerdo, espero que lo encuentren pronto. En treinta años no me he visto en otra situación así. Supongo que se habrá escapado de casa. Los chicos de esa edad no piensan lo que hacen. Espero que aparezca pronto, más que nada por el bien de su madre... Pobre mujer, parecía destrozada... Si lo pensase uno bien no tendría ninguno. Hijos me refiero... Los hijos solo dan quebraderos de cabeza...

—Sí, bien, gracias por su colaboración. Si recuerda algo más que le parezca importante no dude en venir a contárnoslo.

(Saúl Oliver)
13 de septiembre
Costa de Jávea

Me despierta el ruido de una motocicleta alejándose. O eso creo. Abro los ojos, pero aún tardo un poco en ubicarme. La cabeza me zumba. Supongo que anoche olvidé apagar la luz y ahora el cuarto reluce como una mañana de feria. Cuando consigo enfocar la televisión está conectada. Debí dejarla encendida en algún momento durante la madrugada y ahora los anuncios se suceden en bucle: comida *gourmet* para gatos, aspiradoras inteligentes sin cable, electrodomésticos silenciosos «que te hacen la vida más fácil», ofertas de neumáticos y recambios para coches. He tenido pesadillas y ahora siento la boca pastosa y un dolor punzante en la base del cráneo. Recuerdo que anoche me sentí mareado y ahora el efecto de las pastillas para dormir y el alcohol del mini bar se hace notar en mi estómago. Echo un vistazo al reloj. Son más de las dos. En algún momento debí dejarme caer sobre el colchón vestido. Tal vez salí de la habitación, pero no lo recuerdo. Lo que sí recuerdo es que debía haberme reunido con Sentinel para la cena. Y que luego sonó el teléfono y ya no me sentí con fuerza de cogerlo.

Espero unos segundos hasta que me pongo de pie y voy dando trompicones hasta el cuarto de baño. El cuerpo me pesa toneladas. La luz del exterior entra ahora a borbotones por la ventana. Echo un vistazo a la playa, abarrotada y azul. Después voy hasta el pequeño baño, intento cepillarme los dientes y trato de peinarme con las manos. Después de empaparme la cara un par de veces con agua fresca empiezo a sentirme mejor. Vuelvo junto a la cama y me siento un momento, supongo que no puedo seguir aquí dentro el resto del día. Me visto con la única camiseta que encuentro limpia, me calzo las zapatillas que anoche dejé desperdigadas por la habitación, cojo la tarjeta de plástico que dejé sobre la mesita de noche, a un lado de la cama deshecha y el teléfono móvil y salgo del cuarto arrastrando los pies.

Encuentro a Sentinel sentado en una de las mesas del pequeño restaurante del hotel cuando bajo. Ha cambiado su habitual atuendo por una especie de camisa veraniega dos tallas por encima de la suya y lo que parecen unos *short* de un color azul claro muy brillante, y lleva chanclas. En general su aspecto resulta desconcertante, pero el hecho de volver a verle me conecta con la realidad y consigue tranquilizarme un poco. Aparte de nosotros solo hay otro par de clientes rubísimos y congestionados, sentados en otra de las mesas del restaurante, hablando casi a voces en alemán, mientras apuran una jarra de cerveza. Intento convencerme de que, al menos esto es real. Estamos aquí. Sigo respirando.

Al verme entrar me saluda levantando ligeramente el brazo y mantiene la vista fija hasta que llego a su mesa.

—... Había empezado a preocuparme por usted. ¿Se encuentra bien?

Asiento.

—Ayer le estuve esperando para la cena

—Lo siento, me quedé dormido...

Menea ligeramente su cráneo reluciente.

—Eso pensé... Ha estado un día entero en esa habitación. Tiene mala cara. ¿Seguro que se encuentra bien?

—Sí.

Me invita a que me siente. Tiene delante un plato ya finiquitado con restos desperdigados de cáscaras de marisco y granos de arroz.

—Eche un vistazo a la carta. Creo que aún no han cerrado la cocina.

Le digo que no tengo apetito.

Me fijo en que sujeta lo que parecen unos cuantos folios sobre el mantel, prendidos con su mano izquierda.

—¿Tiene algo escondido ahí?

Me pide que baje la voz a pesar de que solo los alemanes podrían oírnos y no parecen interesados en nuestra conversación.

—Digamos que ayer conseguí algunos avances.

Nos interrumpe de pronto una camarera que se acerca cargando una pequeña bandeja con platos sucios de otras mesas, me echa un vistazo que parece de desaprobación y me pregunta qué voy a tomar. Antes de que me dé tiempo a responderle advierte.

—... Solo nos queda un plato de arroz de la casa, pollo en pepitoria y salmorejo...

Pido un café solo.

—Doble, por favor.

La camarera me mira con la misma mirada displicente. Es fácil intuir una década malgastada entre estas cuatro paredes esperando que cierre un turno de mesas y esperando el siguiente.

—¿Entonces, no quiere nada de comer?

—No, gracias, solo el café.

Sentinel espera que se vaya para volver a hablar.

—¿Está seguro que no quiere comer nada?

—El café es suficiente.

—Realmente creo que debería comer algo sólido. Le sentaría bien.

—No tengo apetito.

—Como quiera.

Lo que realmente quiero explicarle es que me he despertado con la cabeza en llamas y la sensación extraña de encontrarme en mitad de una especie de broma macabra. Que no entiendo qué estoy haciendo aquí. En este hostal de medio pelo de la costa. Que, a ratos, ni siquiera estoy seguro de si todo esto es real. Que la mayor parte del tiempo que paso despierto, desde hace semanas, siento como si mi estómago estuviera a punto de reventar como una sandía disparada contra el suelo. Que todo está empezando a resultarme extraño y ficticio. Que he tenido pesadillas recurrentes durante toda la noche, seguramente a causa de la mezcla de alcohol y las pastillas para dormir, aunque no puedo estar seguro. Que estas últimas semanas siento que apenas respiro. Que a veces tengo que contenerme hasta la extenuación para no descolgar el teléfono y llamar a Lucía y suplicarle que empecemos de nuevo, como si el destino pudiera reescribirse. Que, casi cada minuto quiero volver a ese coche aparcado ahí fuera, en el aparcamiento para clientes ocasionales, bajo el sol chorreante, y largarme de vuelta a mi apartamento estrecho, asfixiante y seguro. Que necesito que todo esto termine de una vez para no volverme completamente loco.

La camarera de antes vuelve con la comanda. Hace un pequeño gesto suave, como de disculpa, mientras retira el plato con restos de delante de Sentinel y me sirve el café y de pronto ya no me resulta tan distante y casi estoy a punto de pedirle disculpas por haberla prejuzgado con mis prejuicios de hombre vencido.

—¿Puedo traerles algo más?

—No, gracias, solo la cuenta.

—Bien.

Después de eso se marcha de nuevo y Sentinel vuelve a hablarme. Tengo la sensación de que no es del todo consciente de mi estado.

—He tenido acceso a parte del informe sobre la desaparición de la chica, extraoficialmente... En general coincide con la versión oficial, excepto por un detalle determinante —hace una pausa antes de continuar—. Parece que la chica volvió a su habitación aquella noche.

Es lo que dice.

Le miro expectante sin entender. Aún me cuesta procesar con rapidez las palabras.

—... Antes de que le diga nada más es importante que recuerde que cualquier cosa relativa a este caso debe quedar estrictamente entre usted y yo. Y que debemos tratarla con la mayor discreción. He tenido que recurrir a favores personales... Comprenderá que no es habitual tener acceso a información oficial... Y, en cualquier caso, debemos ser extremadamente cuidadosos, no sabemos en qué terreno nos movemos, pero el hecho es que la vida de esa chica podría correr un peligro real.

Asiento.

—¿Está seguro de que entiende el alcance de lo que le digo?

—Sí.

—De acuerdo...

Da un trago largo al vaso de agua con hielo que tiene delante antes de volver a hablar.

—Saben que esa noche regresó a su habitación después de la fiesta en la playa. Lo saben porque dejó la ropa que había llevado puesta mal doblada sobre una silla de su habitación, junto a su cama... Podría no haber sido ella, claro, pero parece poco probable que alguien se molestara en subir su ropa y dejarla allí. Creen que estuvo en su cuarto un rato, pero no pueden precisar cuánto... Y que luego decidió volver a salir... No saben por qué. Creen que se cambió de ropa y, en algún momento entre las tres y las tres y media de la madrugada, se descolgó por la ventana para volver a marcharse voluntariamente... Imaginan que iba a encontrarse con alguien. Debió ser antes del amanecer, eso seguro. La última señal de su teléfono móvil fue registrada a las tres y cuarenta de la madrugada.

—¿Entonces creen que se escapó voluntariamente de casa?

—No están seguros. Solo saben que estuvo en su cuarto y luego se marchó. Tal vez no tuviera intención de escaparse. Pero en cualquier caso lo cambia todo... Elimina la hipótesis del depredador casual, el merodeador que localiza una presa cualquiera y la asalta mientras se dirige de vuelta a su casa. Introduce un elemento nuevo y más complejo.

«Si volvió a salir voluntariamente tuvo que ser necesariamente para encontrarse con alguien a quien conociera».

—Eso parece... Tienen un posible sospechoso. Un chico del pueblo, cinco años mayor que la chica. Parece probado que se conocían y mantenían una relación sexual. O la habían mantenido. Nada formal en cualquier caso. Los agentes le están presionando. La familia del chico es conocida en la zona, su padre tiene antecedentes. Él mismo ha estado detenido un par de veces por delitos menores. Menudeo de droga y un par de altercados con la policía. Nada serio todavía. Un delincuente en ciernes de manual. Creen que podía mantener una relación en secreto con la chica, y que en un momento dado pudo convencerla para que se fugasen juntos esa noche. Eso explicaría que entrase y saliese de su habitación esa madrugada, desde luego, pero no la ausencia total de noticias desde entonces. La policía lo ha interrogado varias veces. Afirma que no quedó con ella aquella noche. Dice que en ningún momento llegaron a mantener una relación seria y que se habían visto por última vez tres o cuatro días antes de su desaparición. Dice que esa noche estuvo en su casa viendo la televisión y que no salió a ninguna parte. Su madre respalda esa versión, pero algunos testigos afirman haberle visto dando vueltas con su coche por los alrededores del pueblo.

—¿Está detenido?

—Aún no... No hay nada en su contra. Están esperando que pierda los nervios y cometa alguna clase de error que les lleve hasta ella... Tratándose de un caso de tanta repercusión mediática es extraño que no haya dado un paso en falso desde entonces...

—Entonces piensan que es una fuga...

—La policía sospecha que tal vez planeaban irse juntos, pero que, en algún momento la idea inicial de la fuga se truncó. Ese tipo de cosas ocurren con cierta frecuencia. Tal vez esa noche quedaron en verse después de la fiesta con la intención de largarse a alguna parte, tal vez solo pensaban pasar la noche juntos. Puede que por algún motivo tuvieran alguna clase de discusión, las cosas se complicasen y la chica terminase pagando las consecuencias... El chico presenta un perfil violento... y a menudo los crímenes más abyectos comienzan con una coincidencia fatal. Un desencadenante inesperado. No es la única hipótesis claro...

Agacho la cabeza, la sensación de embotamiento ha decrecido un poco gracias al café cargado y siento que empiezo a conectarme con la realidad. Los alemanes deciden que han tenido suficiente y se marchan. Uno de ellos nos saluda con un «adiós» forzado mientras enfila el camino hacia el exterior del comedor. Sentinel continúa hablándome con la misma calma desafectada.

—Hay algo más.

Su voz suena extrañamente solemne de repente.

—Ya le dije que había estado investigando sobre los informes policiales de la época en la que desapareció su hermano...

Asiento en silencio.

—Esta mañana he recibido algunos documentos de Madrid... Usted tenía razón, apenas consta la denuncia inicial, su propia declaración, la de su madre y su padre y otros dos testigos que apenas pudieron aportar ningún dato relevante. Uno de ellos fue la mujer que atendía la panadería en la que debía encontrarse con su hermano aquel día, la misma que usted me describió en su apartamento, el otro un hombre que vivía en su mismo edificio y, al parecer, le vio salir junto a su hermano del portal aquella mañana...

Me cuesta procesar sus palabras. De pronto es como si todo lo que me rodea se precipitase, y al mismo tiempo se volviera insoportablemente real, pero él continúa hablando.

—... Ninguno de los testimonios arroja ningún dato revelador... Sin embargo hemos encontrado algo interesante... Dieciocho meses antes de que ocurriera lo de su hermano, otro muchacho de la misma edad también desapareció en circunstancias parecidas en la misma zona. En concreto a menos de un kilómetro y medio de distancia de su casa... ¿Tenía noticia de eso?

—No.

—¿Nunca oyó hablar de él?

—No.

—... Hay alguna otra coincidencia... Al parecer el chico también se encontraba solo jugando en la calle, cuando fue visto por última vez. Su madre afirmó que lo había dejado un momento en el parque, cerca de otros niños, y que cuando volvió a por él había desaparecido. Dijo que llevaba una mochila y una gorra rojas. Tenía doce años.

Siento de pronto cómo la piel del cuello se tensa y empiezo a sudar. El efecto narcótico parece desaparecer de golpe. Sentinel continúa hablando.

—... Ignoro por qué la policía no relacionó ambos casos en aquel momento, pero, y esto es lo más sorprendente de todo, el hecho es que ocho años después de aquel suceso, la mochila del chico en cuestión apareció de improviso durante una redada policial en una casa *okupada* de un paraje semi abandonado en un pueblo del sureste de la provincia de Madrid.

Me cuesta enfocar. Sentinel continúa.

—La mochila fue requisada sin más junto a otros objetos que se encontraban allí y llevada a comisaría. Nadie le prestó la menor atención en un primer momento hasta que, una vez en comisaría, alguien la abrió y descubrió un nombre grabado en su interior. Ese alguien metió ese nombre en el ordenador y entonces fue cuando llegó la sorpresa. Al parecer la madre del muchacho lo había cosido con hilo en el forro interior para que su hijo no la extraviara en la escuela ocho años atrás. Cuando la policía mostró la escarcela a la familia la reconocieron enseguida como la mochila que portaba su hijo el día en que le perdieron de vista para siempre. Después de eso los agentes volvieron a la casa abandonada en busca de más pruebas, realizaron varias batidas, incluso con perros adiestrados, pero no se encontraron más objetos del chico, ni ninguna otra clase de restos biológicos, ni ninguna pista que pudiese ayudar a descubrir el paradero del chico. Sin embargo, resultaba evidente que la mochila debía haber llegado hasta allí de algún modo. La casa en cuestión había estado habitada por varios delincuentes habituales fichados por tráfico de drogas y otros delitos contra la propiedad. Durante el interrogatorio ante la policía, uno de ellos, al ser preguntado por la mochila en cuestión, confesó haber participado en el secuestro de dos niños y una niña años atrás. La policía se sorprendió por su declaración hasta el punto de llegar a dudar que estuviera mintiendo. El tipo afirmó haber actuado por encargo y a cambio de una importante suma de dinero. Dijo haber depositado a dos niños y una niña, por separado, y a lo largo de un par de años en una dirección concreta. Dijo también que los captaba en la calle de manera casual aprovechando que los críos se encontraban solos y rara vez presentaban resistencia... Afirmó que su interlocutor era un hombre al que nunca había llegado a ver el rostro y que su relación se limitaba a un intercambio de mercancía. Los menores a cambio de cocaína y dinero en efectivo. La policía no pudo corroborar con pruebas fehacientes que estuviese diciendo la verdad, pero sí otorgó cierta credibilidad a su declaración debido a la existencia incuestionable de la mochila. Desafortunadamente, apenas una semana después de que aquello sucediera, el sospechoso murió repentinamente en la cárcel. Su testimonio aún está disponible en los archivos policiales, pero el caso quedó en suspenso después de eso.

—¿Qué quiere decir?

—Que no se consiguieron más avances.

Me siento cada vez más mareado y confuso. Puedo sentir las suelas de mis pies presionando el suelo de linóleo con fuerza y el chorro del aire acondicionado del salón golpeándome sin tregua.

—Si existiese alguna clase de conexión entre aquel caso y el de su hermano, entonces es posible que nos encontremos ante alguna clase de organización clandestina y criminal, pero solo es una hipótesis rocambolesca.

—¿Me está diciendo que un tipo se llevó a mi hermano para satisfacer un encargo de una organización que abusaba de otros niños a cambio de droga y dinero?

—Le estoy diciendo que el asunto de ese otro crío y la mochila abre una nueva hipótesis... Aunque sigo sin entender qué tendría todo eso que ver con la chica que desapareció aquí hace un mes y medio... Teniendo en cuenta el tiempo transcurrido... y, más aún, por qué iba a querer alguien involucrado en el asunto contactar de pronto con usted después de tanto tiempo... Estaríamos hablando de crímenes de extraordinaria gravedad.

La camarera vuelve a nuestra mesa. Nos informa de que el comedor va a cerrar. Sentinel me mira:

—¿Está seguro de que se encuentra bien?

Intento asentir.

—Quizá debería tomar algo que le ayude a tranquilizarse... No estaba seguro de cómo encajaría la información, pero tiene que ser consciente de que solo nos movemos en el terreno de la especulación, no hay ningún dato objetivo sobre la desaparición de su hermano. Ninguna certeza o indicio de su relación con este caso. Ni con ningún otro. Incluyendo a ese otro muchacho desaparecido.

—¿Qué podemos hacer ahora?

—Ya le he dicho que he hablado con mi contacto en la policía. Podremos unirnos a uno de los grupos de búsqueda mañana. Han habilitado grupos de voluntarios. Tal vez eso le ayude a sentirse mejor. Pasaremos a la acción por decirlo de alguna manera... No creo que vaya a cambiar las cosas, pero no perdemos nada por intentarlo... Creo que le irá bien tener algún tipo de participación activa... Y será una forma de dejarse ver. Suponiendo que haya alguien esperando que aparezca no se me ocurre un lugar mejor.

—De acuerdo.

—... Bien... Mientras tanto hágase un favor... ¿Quiere? Baje un rato a la playa. Le sentará bien tomar algo de sol... No se preocupe por nada. Y trate de olvidar lo que le he dicho.

Es lo que dice.

«Apenas guardo algún recuerdo físico de mi hermano en realidad. ¿Sabe? Aparte de su imagen concreta aquel día y de las fotografías que aún conservo de él. No soy capaz de recordar con nitidez cosas sencillas, como su olor, la ubicación de sus pecas, o el tono exacto de su voz. Ni siquiera sé con certeza cuál era su comida favorita. A veces creo que solo creo que le recuerdo ese día concreto. Como si el tiempo lo hubiese congelado en ese instante. Eso es todo. Casi todo se reduce a aquel precipicio sin respuestas. Como si mi cerebro estuviese atrapado en un túnel sin salida».

Después de nuestra charla paso las siguientes dos horas en un estado de confusión creciente, vagando sin rumbo por calles blancas y estrechas cuajadas de veraneantes y tenderetes y casas de pescadores reconvertidas en hostales para turistas que desembocan en el mar. Todo me resulta tan ficticio como el decorado de un gran teatro abandonado. La vida bulle ajena a mi alrededor, pero en lo único que pienso es en las palabras de Sentinel hace un rato:

«Dieciocho meses antes de que ocurriera lo de su hermano, otro muchacho de la misma edad también desapareció en circunstancias parecidas a menos de un kilómetro y medio de distancia de su casa... ¿Tenía noticia de eso?»

Otro muchacho. Nunca oímos nada de aquel chico, ni de ningún otro. Aunque después de la muerte de mi madre pasé seis años leyendo de forma enfermiza sobre otros casos similares de desapariciones ocurridos en todo el mundo: los hermanos Beaumont en el sur de Australia, Kimberly King, el pequeño Etan Patz en Nueva York... Docenas de niños, con una vida perfectamente normal, que un día cualquiera desaparecían para siempre sin dejar rastro. Chicos y chicas como mi hermano, arrancados de sus familias de algún modo, cuyos destinos nunca habían sido aclarados. Profundizaba en aquellas historias con pulsión obsesiva, como si fuesen fragmentos de un mismo puzle que, de algún modo pudiese completarse y devolverme a mi hermano. Estuve en tratamiento dos veces. Apenas me relacionaba con nadie. Abusé del alcohol y las drogas y estuve a punto de suicidarme dos veces, pero, de algún modo, conseguí superar todo aquello, terminar la Universidad y encontrar un trabajo. Pasé muchos meses en una especie de vida alternativa, en la que la rutina y el alcohol se mezclaban permitiéndome seguir adelante. Empecé a relacionarme con gente, aunque siempre de forma superficial. Logré pasar un día, luego otro, una semana, un mes. Y después, un día, sin saber exactamente por qué, comencé a escribir una novela sobre una pareja joven y razonablemente feliz, que un día cualquiera perdía a sus dos hijos durante una excursión familiar a un famoso parque de atracciones, y ese libro cambió mi vida. El público y la crítica la encontraron brillante y nadie pareció preocuparse por el verdadero trasfondo del asunto. Seguí bebiendo después de aquello pero rebajé un poco el nivel de abuso, y durante algunos meses, el festín de halagos y sobreexposición pública al que fui sometido, consiguió proporcionarme una cierta tregua conmigo mismo. Entonces conocí a Lucía. Aquello fue lo único realmente valioso de mi vida. Durante algunos meses sencillos y maravillosos experimenté algo muy cercano a la felicidad... Pero solo fue un espejismo. Pronto se reveló mi incapacidad para escribir una sola línea coherente más allá de aquel dolor disfrazado y más o menos al mismo tiempo la losa de la culpa volvió para recordarme que yo no tenía derecho a ninguna clase de vida. Que lo perdí aquella mañana de jueves, cuando le dije a mi hermano que se aventurara solo, y lo perdí de vista.

Es exactamente lo que pienso mientras vuelvo a abrir la puerta de la habitación del hotel en el que estamos alojados y me dejo caer de nuevo sobre la cama que ahora está deshecha con el corazón latiendo espeso y desbocado. Fuera el sol de la tarde ilumina los setos de las piscinas con furia. *«Baje un rato a la playa, le hará bien...».*

Me retrepo sobre la sábana apretando la cabeza contra la almohada. Recuerdo de pronto la fecha. Trece de septiembre. Mi cumpleaños. Cuarenta y dos años. Nueve mil ochocientos cincuenta y cinco días. Doscientas treinta y seis mil quinientas veinte horas. Catorce millones, ciento noventa y un mil doscientos minutos. Ochocientos cincuenta y un mil cuatrocientos setenta y dos millones de angustiosos segundos encapsulados, uno a uno, en mi cabeza.

(Saúl Oliver)
15 de septiembre
Costa de Jávea

El tipo que asigna los grupos de búsqueda está a mi derecha. No tendrá más de veintipico años y parece ansioso por empezar. Lleva puesto un chaleco fluorescente y tiene un megáfono en la mano. Aunque no estoy seguro de que lo haya conectado. De todos modos proyecta la voz lo bastante alto como para que todo el mundo le oiga. Estamos de pie, junto a una zona escarpada en un paraje próximo al punto en el que se supone que desapareció la chica hace ya más de un mes, a menos de un kilómetro de las primeras urbanizaciones que bordean la playa. Llevamos aquí casi una hora. Repasando una y otra vez el mapa de la zona en el que se han asignado los cuadrantes de búsqueda. He contado. Somos catorce personas incluyéndonos a Sentinel y a mí. La mayoría mujeres que parecen conocerse de antes a juzgar por cómo se relacionan entre ellas y hablan sin parar.

Aparte de eso nos han repartido un mapa y una bolsa con provisiones para las próximas horas. Una por persona. La bolsa contiene frutos secos, una pieza de fruta, un bocadillo con fiambre y dos botellas de agua. Lo acabo de comprobar. *«Es imprescindible llevar cargado el teléfono móvil y no perder de vista el resto del grupo»*. También nos han dado indicaciones precisas sobre cómo actuar si descubrimos algún objeto que nos resulte sospechoso, o cualquier pista que creamos que pueda conducir a la chica.

—Cualquier avistamiento debe ser inmediatamente comunicado al *asignador asignado* a cada grupo. En este caso, soy yo. El primer paso en caso de cualquier avistamiento sospechoso es alzar la mano. Nunca aproximarse más de lo necesario. Es necesario preservar al máximo la zona para que los investigadores puedan desarrollar su labor. ¿Entendido? Levantamos la mano para señalizar. Y si estamos lejos del grupo entonces utilizamos el teléfono móvil o el *walkie talkie*, si les ha sido asignado, para ponernos en contacto con nuestro coordinador de zona y dar aviso del avistamiento. ¿Alguna duda con esto?

Es nuestro segundo día de búsqueda sobre el terreno y estoy bastante seguro de que no servirá de nada. Sentinel está a mi lado, pensando lo mismo a juzgar por el modo en que pierde la vista en el océano. Nadie nos ha asignado un *walkie talkie*. Aún es temprano pero ya hace calor. Esa clase de calor húmedo y pegajoso del Levante que anuncia una jornada de sopor difícilmente llevadero y la luz resulta muy clara, lechosa y desparramada.

El tipo del chaleco fluorescente sigue hablando:

—Pararemos a comer a media mañana. Este grupo tiene asignados cuarenta minutos de parada. Tenéis un bocadillo y una pieza de fruta en la bolsa de avituallamiento. Hay también bebidas para que os mantengáis hidratados y algunos frutos secos. Para comer, beber o si necesitáis descansar un rato durante la batida, podéis buscar un sitio a la sombra y sentaros, pero procurad inspeccionarlo antes con detalle para no contaminar ninguna posible pista, ¿de acuerdo? Esta zona ya se ha revisado antes, así que lo que estamos haciendo es una segunda inspección ocular, sin embargo no podemos bajar por eso la guardia. Recordad que estamos aquí con un propósito muy concreto y que nuestro deber principal es no destruir por descuido nada que sea susceptible de aportar cualquier clase de pista a la búsqueda. ¿Alguna pregunta?

Hay varias preguntas, sí. Una chica con aspecto de púgil del peso medio quiere saber si pueden hacerse fotografías en caso de que se encuentre algo.

—No, nada de fotos. El procedimiento es muy concreto en eso. Cualquier avistamiento deber ser IN-ME-DIATA-MEN-TE comunicado. No pueden tomarse fotos, ni selfis ni videos de ninguna clase. Y no puede subirse nada a las redes sociales. Está terminantemente prohibido. El teléfono móvil solo debe utilizarse durante la búsqueda para comunicarse con el coordinador asignado o en caso de fuerza mayor. ¿Está claro este punto?

Otro de los voluntarios quiere saber si habrá alguna recompensa si se encuentra algo importante.

—No. Estas batidas forman parte del dispositivo de búsqueda en el terreno. Por eso se llevan a cabo con voluntarios. No son remuneradas. Deberían habérselo comunicado cuando se inscribieron. Se les proporciona líquido y alimento durante la jornada, nada más, si alguien tiene algún problema con eso puede decirlo y retirarse ahora y trataremos de buscar un sustituto para su zona.

El resto de preguntas tienen que ver con la hora a la que terminaremos y con otros detalles escabrosos relacionados con una hipotética aparición del cuerpo.

—Recuerden que no buscamos necesariamente un cuerpo. Cualquier objeto que les llame la atención y que no cuadre con el resto del paisaje puede tener alguna relación con la desaparición de la chica.

Después de unas cuantas indicaciones más el tipo del chaleco fluorescente dice que podemos empezar a dispersarnos.

—Recuerden, su trabajo es revisar minuciosamente la zona junto a sus compañeros de área, siempre siguiendo la zona asignada en el mapa que se les ha distribuido según su grupo. Si tienen dudas pueden volver a este punto o ponerse en contacto conmigo a través del *walkie talkie* o usando el teléfono móvil. Nunca a gritos. Es importante que recuerden eso.

Sentinel asiente y me mira. Yo echo un vistazo al horizonte. Doy los primeros pasos sobre el suelo de tierra caliza con la imagen de la chica en la cabeza... Y la de mi hermano.

Abrió la puerta y salió. Había cosas que no se podían soportar. Y una de ellas era contemplar a Miss Blandish. Eddie rumió un momento: Estoy convencido de que la muerte sería un alivio para esta chica.

El secuestro de Miss Blandish, James Hadley Chase

Querido S,

Me permito escribirle una última carta manuscrita... ¿Cómo podría dejarle sin más? Entiendo que, a estas alturas, aún no ha sido capaz de juntar adecuadamente todas las piezas... No puedo culparle. Al fin y al cabo solo mantuvimos un encuentro casual, aunque para mí fue, en cierto sentido, determinante.

Siempre he creído que existía un sentido adicional en lo que hacíamos. Algo que iba más allá de lo que puede resultar obvio a simple vista. Conocerle dio sentido a esa creencia.

Mi médico dice que la enfermedad avanza deprisa, devastando lo poco que queda con vida dentro de mí y que ya es solo cuestión de pocos días, de modo que tendrá que perdonarme si no soy capaz de hilvanar con coherencia mis argumentos... La morfina es una compañera piadosa...

Moliére escribió «El misántropo» enfermo ya de tuberculosis y abandonado por su esposa. ¿Lo sabía? Siempre me pareció preclara su disección del género humano, pero es ahora, en el final de mi propia vida, cuando entiendo mejor que nunca el alcance de su agonía...

¿Sabe? Siempre sentí ese desapego... Ya lo sentía de niño. Los adultos que me rodeaban lo interpretaban como timidez. Supongo que eso lo hizo todo más sencillo. ¿En qué momento exacto se forja el destino? Nací, crecí. ¿No es eso? Podría haberme conformado con gozar de los placeres permitidos de este podrido mundo: No son pocos, desde luego, pero pronto perdí el interés por los placeres socialmente institucionalizados, me resultaban a menudo demasiado vulgares. ¿Entiende a qué me refiero? Algo me dice que sí.

Siempre existió en mí el deseo de ir un paso más allá. De explorar los abismos del deseo y del dolor... La libertad absoluta exige un cierto peaje pero... ¿No es esa al fin y al cabo la esencia de la naturaleza humana? ¿No estamos todos de antemano condenados...? ¿Sabía que los orangutanes pueden ser tan brutales y violentos como los seres humanos? Incluso con sus propias crías. Supongo que eso explica muchas cosas de nuestra propia naturaleza oculta. Pura antropología. Nacimos con el instinto torcido y perverso. Con un afán permanente por explorar los sentidos. Pero nos esforzamos en ocultarlo. Sin embargo, no habríamos conquistado el Planeta sin esa determinación. Nos debemos a ella de algún modo. Somos depredadores.

Debo reconocer que no fue difícil encontrar otros que estuvieran dispuestos a transitar ese abismo. Aunque nunca me sentí del todo acompañado en este viaje, rito, ceremonia. Llámelo como quiera... El dolor agudo no ha logrado aún quebrar la vital exuberancia de mi memoria. Pero los ojos se me cierran a ratos...

Tengo algo importante que contarle. De no ser así no estaría escribiendo esta carta. ¿Está listo para escucharlo? Supongo que sí.

Lamento tanto no poder presenciar su liberación, aunque esté preñada de dolor. ¿Qué importa? Solo puedo acertar a imaginarlo.

Me resultó usted profundamente perturbador. Tanto como para hacerle este último regalo. ¿Está listo para encontrar las respuestas que lleva tanto tiempo buscando?

¿Lo está?

(Saúl Oliver)
21 de septiembre
Costa de Jávea

Está atardeciendo pero el calor aún aprieta. Son casi las siete y hemos venido a sentarnos frente a dos cervezas a la sombra en la terraza de un bar cercano al puerto. Hace apenas media hora que la búsqueda se dio por finalizada hasta mañana y el resto de los miembros del grupo ya se han dispersado. Llevamos ocho días peinando la zona sin éxito junto al resto de voluntarios, tengo las zapatillas desgastadas, los gemelos doloridos, y el pelo enmarañado a causa del salitre y el viento. La batida de hoy solo ha servido para avistar basura y excrementos abandonados, tres docenas de latas oxidadas de refrescos y cerveza, unos cuantos cebos de pesca, cuatro llantas de neumáticos y otros desperdicios abandonados alrededor de la costa.

—No hay mucho más que podamos hacer...

Sentinel está sentado a mi lado. Hace un momento se ha mojado la cara con un pañuelo para disimular las manchas de sudor que le perlan la frente. Creo que se siente un tanto decepcionado, pero no dice nada. Yo apenas puedo dejar de pensar en lo que me contó hace algo más de una semana:

«Dieciocho meses antes de que ocurriera lo de su hermano otro muchacho de la misma edad también desapareció en circunstancias parecidas a menos de un kilómetro y medio de distancia de su casa».

Es casi lo único en lo que he pensado desde entonces. El aire sopla suave y trae un aroma a gasóleo y alquitrán que no resulta del todo agradable.

—Si quiere repetir mañana podemos probar de nuevo.

Es lo que dice, con tan poco convencimiento como cabría esperar. No puedo culparle... Dice también que ha hablado con uno de los periodistas que están destinados en la zona cubriendo la noticia. «Es un viejo amigo. Va a mover algunos hilos y tal vez podamos entrevistarnos mañana con el padre de la chica. Tal vez hablando con él podamos averiguar si hay alguna coincidencia que pueda relacionar a la chica con su hermano. Alguna cuestión que haya podido pasarnos desapercibida...»

Bajo la mirada, supongo que Sentinel puede adivinar lo que pienso.

—No es necesario que hable con él si no se siente preparado para hacerlo... Puedo hacerlo yo... De todos modos, no creo que pueda decirnos nada que nos ayude a aclarar el asunto del paquete.

La gente cruza la plaza sin detenerse a mirarnos. La mayoría son oriundos del pueblo y turistas en el último tercio de su vida, casi todos vestidos con ropas ligeras de verano y los rostros despreocupados y congestionados por el exceso de sol. De vez en cuando avistamos alguna pareja de reporteros, cargando sus micrófonos y cámaras de un lado a otro, tratando de rellenar con especulaciones de los oriundos del lugar los minutos exactos de su conexión en directo del día.

Han pasado más de cuarenta días desde que la chica desapareció y los carteles con su rostro colgados de las farolas y los escaparates de los comercios locales empiezan a deslucirse por efecto del sol abrasador.

—Entiendo cómo debe sentirse... Pero si no hay novedades en los próximos días tal vez deberíamos plantearnos volver... No hay mucho más que podamos hacer aquí y no me siento cómodo cobrándole por un trabajo que no estoy muy seguro de poder hacer...

—¿Alguna vez ha resuelto con éxito algún caso...?

Es lo que digo. Sentinel levanta la cabeza y casi por primera vez le veo sonreír de soslayo al mirarme.

—Claro... Algunas veces esos críos simplemente deciden largarse sin más. Discuten con sus padres o se sienten perseguidos en el colegio, o simplemente quieren vivir una aventura y se van de sus casas sin pensar en las consecuencias... Y luego aparecen a los pocos días, generalmente en algún lugar cercano, con la barriga vacía y la vergüenza dibujada en la frente. Entonces solo hay que hacer una llamada y devolverlos a casa...

A lo lejos un grupo de chicos corren con el torso denudo en dirección a la playa. Les observo mientras se golpean entre risas, moviendo los brazos y agitando al cielo sus delgados cuerpos. Imagino a mi hermano entre ellos. Ahora tendría treinta y siete años. Resulta difícil no pensar en ello.

—Nos iremos mañana, si le parece bien. Me gustaría volver a casa.

Es lo que digo. Sentinel asiente en silencio.

—Desde luego.

Durante el camino de vuelta al hostal nos desviamos para atravesar la playa y charlamos despacio de cosas triviales que tienen que ver con su vida anterior y que consiguen aliviarme un poco.

—Quizá no lo crea viéndome ahora, pero de niño quería ser cocinero... Mis padres regentaban un pequeño local cerca de Antón Martín. «Comida casera con menú del día».

Tenía apenas diez mesas en un salón estrecho que en verano se condensaba por culpa del calor y la mala ventilación de la cocina, pero los clientes eran asiduos y nunca faltaba qué hacer. Mi madre atendía los fogones, los estuvo atendiendo más de treinta años. En el barrio todo el mundo la llamaba «Doña Manuela» y conocía sus callos. A mí me encantaba sentarme allí, al calor de los pucheros, y verla trajinar. Hacía los mejores pucheros de todo Madrid, eso se lo garantizo... Ahora parece que fuera en alguna otra clase de vida.

—¿Y qué ocurrió?

—Un día el Ayuntamiento nos hizo llegar una notificación en la que se declaraba en ruina el edificio y mis padres se vieron obligados a cerrar el local. Para entonces ya eran demasiado mayores y estaban demasiado cansados para empezar de cero, así que mi hermano y yo tuvimos que hacernos a la idea de que no heredaríamos el negocio y, así fue cómo de la noche a la mañana renuncié a aquel sueño... ¿No le ocurre lo mismo a todo el mundo?

Le escucho recordar aquellos años mientras las olas van lamiendo el espigón y nuestros pasos se hunden en la arena blanda de la playa y este sol primario que golpea por dentro, y su tono, mitad nostálgico, mitad evocador, es casi capaz de hacerme olvidar cómo me siento.

La cena será servida a la hora habitual, y me complace decirle que no quedará rastro alguno de lo ocurrido.

Lo que queda del día, Kazuo Ishiguro

(Saúl Oliver)
Noviembre

—Han encontrado el cuerpo de la chica.

Es lo primero que escucho cuando abro los ojos.

Sé que soñaba con un desierto grisáceo y serpientes vivas. Con tipos con sombreros mexicanos que me ofrecían tequila sobre el capó de un viejo Ford y que se reían de mí abriendo sus bocas como hienas. Puedo casi apresar la sensación de estar siendo engullido por esa maldita risa. Por eso me cuesta un rato entender las palabras que llegan como esculpidas hasta mi cerebro.

—Han encontrado el cuerpo de la chica... ¿Me oye? Parece que estaba semienterrado en una zona escarpada, a unos doscientos kilómetros del lugar en el que desapareció...

Abro los ojos y consigo enfocar todavía con cierta dificultad. Estoy en mi apartamento. Anoche estuve bebiendo y siento un dolor punzante en la base del cuello. El rostro redondo de Sentinel me observa a un par de palmos. Es la primera vez que tengo la impresión de que sus ojos transmiten alguna clase de emoción vidriosa. Siento frío, aunque estoy bastante seguro de que el cuarto está caliente.

Sentinel sigue hablando:

—... Esta mañana temprano un hombre que paseaba junto a sus perros en una pedanía cercana a Albacete notó que uno de los animales se ponía más nervioso de la cuenta y se acercó a echar un vistazo...

»Parece que el cuerpo estaba abandonado, cerca de una especie de terraplén... y que... algo sobresalía... Lo suficiente como para llamar la atención...

»El hombre dio aviso enseguida a la policía local. La Guardia Civil ya está en la zona. Están esperando que llegue el forense para tener la confirmación oficial, pero creen, con total seguridad, que se trata del cuerpo de esa pobre cría. Parece que han podido identificarla por un par de peculiaridades físicas.

»Me llamaron temprano esta mañana para darme la noticia... Parece que el cuerpo aún resultaba reconocible aunque había sufrido una violencia extrema. No han querido darme más detalles, pero están seguros de que se trata de ella.

Intento palparme la ropa y asegurarme de que no estoy durmiendo. La luz del día entra como un chorro líquido por la ventana de mi cuarto dejando al desnudo el desconcierto de mi ropa sucia y haciendo que todo resulte demasiado real.

—Creen que es posible que alguien haya... ¿Cómo decirlo? Actuado en la zona. Aún es pronto pero tienen la impresión de que alguien ha podido... ¿Cómo decirlo? Propiciar que el cuerpo apareciera. Al parecer estaba demasiado expuesto como para no haber sido descubierto antes... No es algo habitual desde luego... Sin embargo aún es pronto para sacar conclusiones... ¿Se encuentra bien?

Intento asentir en silencio.

—Siento haber irrumpido así en su apartamento... Le he pedido al portero la llave al ver que no respondía al timbre ni al teléfono... Llevo intentado localizarle varias horas.

—¿Qué día es?

—Diez de noviembre... ¿Ha oído lo que he dicho?

Asiento de nuevo moviendo la cabeza.

Sé que hace semanas que no nos vemos y le toco para cerciorarme de que no es una especie de alucinación. El contacto con las solapas desgastadas de su chaqueta me confirma que no estoy soñando. Tengo la impresión de que hay algo más que quiere decirme, por el modo en que sus ojos mantienen la tensión nerviosa y no aparta la mirada. Y de hecho espera unos segundos a que me incorpore del colchón de la cama y se asegura de que estoy escuchando de verdad cada palabra que sale por su boca antes de volver a hablar.

—Eso no es todo... Hay una cosa más que debe saber... La razón por la que no he querido esperar más para venir a verle... No sé muy bien cómo decirle esto... Todavía no están muy seguros, pero creen que en la fosa podría haber más de un cuerpo.

Es entonces, más o menos, cuando entiendo que la débil capa de suelo quebradizo que solía sostener mi cuerpo acaba de resquebrajarse, y un zumbido interno, más hondo y más mortal del que he sentido nunca, se apodera de mis entrañas por dentro, sacudiéndome como si el corazón estuviese a punto de rendirse para siempre y claudicar.

Me gustaría pensar que Dios me ha dado la oportunidad de que mi vida sirva de algo. Me ha dado un sentido y un propósito que busqué durante mucho mucho tiempo. Asimismo quisiera pensar que de algún modo el pasado pueda borrarse gradualmente.

David Berkowitz «El hijo de Sam»

(Saúl Oliver)
11 de noviembre
Provincia de Albacete

Estoy sentado en el asiento del copiloto. No sé cuánto tiempo llevamos aquí. Apostados en mitad de una explanada desierta en mitad de ninguna parte. Fuera hace calor, un calor extraño y desbocado que no se corresponde con la fecha del calendario y parece estar ahí para recordarnos que estamos condenados por devastar la Tierra. Aparte de eso el lugar está muy concurrido y no deja de llegar gente. De vez en cuando se levanta una nube de polvo provocada por los neumáticos de algún coche oficial que entra o sale del punto en el que se encuentran los enterramientos, cabeceando sobre la tierra. He dejado que Sentinel condujera todo el trayecto. Apenas recuerdo nada desde esta mañana y no creo que hubiera sido capaz de conducir por mi cuenta. No recuerdo nada de las últimas horas. Me cuesta pensar con claridad, aunque tengo un vaso de plástico con un café en la mano y Sentinel ha insistido en que llame a alguien.

—Quizá debería avisar a alguien...

La zona ya estaba acordonada por la policía cuando llegamos y siguen sin dejar que nos acerquemos más allá del punto en el que estamos. Creo que es mediodía. Nadie diría que casi estamos en invierno. No es una apreciación, puedes notarlo. El sol quema el cristal delantero y rebota en mi cuerpo. O eso es lo que siento.

—Hace calor. ¿No es cierto? ¿Solo lo siento yo?

—Sí, hace calor.

El pueblo más cercano está a cuatro kilómetros. Es lo que ha dicho Sentinel. Hay moscas revoloteando sobre el capó. Hay insectos diminutos que entran zumbando en el pequeño cubículo y salen luego desconcertados por la ventanilla. Hay un chico anémico y con pinta de colgado que viene y va de un lado a otro cargando una cámara al hombro. De vez en cuando tengo la impresión de que me mira. Puedo sentir su indiferencia. Lleva una camiseta de manga corta de Van Halen y masca chicle abriendo mucho la boca y sacando la lengua. Hay varias reporteras de televisión, con faldas estrechas, apostadas sobre riscos para conseguir un plano mejor mientras se retocan el maquillaje. Hay un tío con una gorra con dos iniciales que no deja de acercarse a los agentes de policía que custodian el perímetro de exclusión tratando de convencerles de algo. El capó del coche brilla por efecto del sol y me ciega los ojos. No hemos podido acercarnos más. Es lo que me ha dicho Sentinel que entra y sale del coche cada poco, como cerciorándose de que aún respiro.

—Ya hemos tenido bastante suerte con que nos dejen estar aquí.

De vez en cuando enciende un cigarrillo y consulta su móvil. No le había visto fumar hasta hoy. De vez en cuando alguien vestido de uniforme se le acerca y pasan juntos hablando unos minutos. Y luego vuelve a entrar en el estrecho cubículo del coche y se cerciora de que sigo respirando.

—Aún es muy pronto para sacar conclusiones. Lo más sensato ahora es esperar. Los de la policía científica querrán cotejar su ADN.

A estas alturas hay gente tratando de conseguir las primeras declaraciones de la familia de esa pobre chica. Gente ávida y ansiosa. Reporteros dispuestos a alargar la noche con sus crónicas. De vez en cuando tengo la impresión de que está apunto de hacerse de noche de forma repentina y que de algún modo terminaré siendo engullido por la oscuridad.

Sentinel me explica que la policía ha detenido al principal sospechoso. El chico del que me habló hace semanas.

—Acaban de llamarme para decírmelo... Se trata del chico del que le hablé cuando estuvimos en la costa. ¿Lo recuerda...? El que mantenía relaciones clandestinas con la chica... Están bastante seguros de que estuvo implicado en su desaparición... Parece que ha empezado a desmoronarse... Por su declaración creen que es posible que entregara la chica a un tercero «por encargo»... No creen que estuviera involucrado en el crimen más allá de eso...

Entregar un encargo.

—¿Qué va a pasar ahora?

—Aún no podemos saberlo con seguridad...

Los de la prensa continúan llegando, se amontonan en racimos preparando sus conexiones especiales. El suelo bulle. Puedo sentirlo bajo los neumáticos, bajo la tierra caliente y dura. La excitación colectiva asciende. Ardiente. Visceral. Incandescente. Durante unas cinco horas permanezco sentado en el coche sin apenas moverme. Veo cambiar la luz a través del parabrisas. Observo como la tarde va engullendo la tierra sedienta y el aire nocturno da una pequeña tregua. Las sirenas se acercan y se alejan. El palpitar de la tierra.

Con los últimos rayos de luz se levanta repentino un viento racheado y fresco. Sentinel trae una bolsa de plástico con bocadillos calientes y botellas de agua embotellada.

—Debería salir un rato de ahí. Debería caminar. Podemos acercarnos al pueblo, comer algo y volver más tarde.

Le digo que quiero quedarme aquí. No hay ningún otro sitio al que pueda moverme. Nunca he estado tan cerca del abismo.

Sobre las diez de la noche la policía confirma a los medios que en la fosa hay más de un cuerpo. Dos con absoluta certeza. Muy probablemente tres.

—El cuerpo de la chica ha aparecido parcialmente mutilado de cintura para abajo. La Guardia Civil está tratando de localizar las partes ausentes en los alrededores. No están seguros aún de si son mutilaciones *post mortem* pero, en cualquier caso, parece evidente que sufrió una violencia extrema.

»Los otros dos cuerpos pudieran ser restos esqueléticos que han llegado al final de su ciclo mortuorio y pudieran pertenecer a niños enterrados hace un tiempo considerable. Todavía no podemos estar seguros.

»La policía está desconcertada. No sabemos si ha habido más enterramientos. Es una situación inesperada y es necesario ser prudentes.

Empiezo a ver borroso. Y me cuesta entender.

—Lo mejor será que busquemos un sitio para dormir. No podemos quedarnos aquí toda la noche. Si quiere podemos volver mañana. He hecho un par de llamadas. Hay un sitio junto a la carretera con habitaciones disponibles a no más de cinco kilómetros en el que podríamos pasar la noche. Si lo prefiere podemos regresar cuando amanezca, cuando todo esté más despejado. Le vendría bien descansar.

Es mejor no sacar conclusiones precipitadas. Imagino cómo debe sentirse en un momento así, pero la autopsia tardará aún semanas en completarse. Es imposible aventurar ninguna hipótesis... He hablado con la Guardia Civil y les he puesto al corriente de la carta y el paquete... Hablarán con usted para interrogarle, querrán tomarle declaración y ver las fotografías. Seguramente le harán responder algunas preguntas... ¿Se encuentra bien?

»Entiendo por lo que debe estar pasando. Tómese su tiempo. ¿Quiere que avise a alguien? Le pediré al equipo de psicólogos forenses que hablen con usted. ¿De acuerdo? Puede que le haga bien. En cualquier caso no deberíamos precipitarnos todavía. Aún es pronto para dar nada por sentado. Quizá lo mejor sería volver a casa y esperar. Lo único que podemos hacer ahora es tener paciencia.

Recibo un mensaje de Lula cuando vuelvo a encender el teléfono móvil. Son las doce y cincuenta y seis. Aparece iluminado en la pantalla de mi móvil como un destello de otro mundo. Aún sigo sentado en el coche, en la misma postura que hace cinco horas. Sintiendo cómo las piernas se me entumecen y el aire de la noche se filtra por la ventanilla. Ahí fuera, a menos de cien metros de distancia los potentes focos de la policía iluminan la fosa como si se tratase de una pista de circo macabra. He vomitado dos veces, aunque apenas he comido algo sólido. A estas horas apenas quedan curiosos alrededor de la zona. Solo unos cuantos coches dispersos de la Guardia Civil y los forenses, iluminando la noche con sus focos en busca de más restos. Sentinel está mi lado. Hace tiempo que no abre la boca, y yo tampoco lo hago. Aparte de eso el silencio parece dominarlo todo, como si una bóveda inmensa se hubiera cernido sobre nosotros envolviendo la tierra.

Además del mensaje ha llamado cuatro veces, Lula. Marco los tres dígitos del contestador y escucho su voz. Lo hago sin apartar la vista del lugar de la fosa. Escucho de pronto su tono pausado rasgando la noche como un eco lejano:

«Llevo intentando localizarte desde ayer. ¿Te encuentras bien? Tienes el móvil desconectado. No sé si es importante... Han dejado otro paquete a tu nombre. Creo que es similar al primero. ¿Recuerdas? Estaba sobre el felpudo ayer por la mañana cuando Inés vino y abrió la agencia. Lleva tu nombre escrito, igual que la otra vez. Creo que eso ya te lo he dicho... Diría que es igual al anterior paquete. No sé qué hacer con él, pero presiento que puede ser importante. Llámame cuando escuches este mensaje ¿de acuerdo?»

Después de eso, cuelga.

Conduzco durante toda la noche. Sentinel va sentado a mi lado. De vez en cuando baja un poco la ventanilla y una ráfaga ligeramente más fresca inunda el estrecho cubículo. Cada pocos kilómetros me pregunta si estoy bien.

—¿Se encuentra bien? ¿Quiere descansar un rato? Tal vez debería conducir yo. ¿Está seguro?

Mantengo la velocidad a ciento treinta. De vez en cuando rebasamos un camión de mercancías, o un turismo cargando un remolque pequeño, o una de esas extrañas furgonetas de reparto. De vez en cuando atravesamos de largo pequeños pueblos desperdigados con sus luces nocturnas. Poco a poco amanece y la carretera se extiende, como una lengua interminable.

Siento que estoy llegando a un punto sin retorno y todo el tiempo permanezco atento concentrado en las líneas blancas de la carretera, con la mente a punto de estallar.

Querido S O,

No sabe cuanto lamento no disponer de más tiempo. No sé por dónde empezar.

¿Ha oído hablar de Gene Tierney? Tal vez le suene su nombre, aunque muy pocos la recuerdan ya. Darryl F. Zanuck, el famoso productor, dijo de ella que era «incuestionablemente la mujer más bella de la historia del cine». Quizá lo fue. El cine está lleno de eslóganes vacíos en cualquier caso. Seguro que está de acuerdo conmigo. Había nacido en el seno de una familia acomodada, la pobre Gene. Concretamente en Brooklyn, Nueva York, en 1920. Una época apasionante, sin duda, mucho más que la nuestra. Debutó en el cine con apenas veinte años en 1940 en «La venganza de Frank James», un western mediocre que le sirvió para alcanzar cierta notoriedad en la industria. Después vendrían películas como «La ruta del tabaco», «El embrujo de Shanghái» o «Sinuhé el egipcio». Ninguna fue un éxito rotundo pero sí consiguieron el reconocimiento suficiente como para colgarle el cartel de belleza exótica. Si quiere que le sea sincero siempre la encontré demasiado afectada para mi gusto, en cuanto a sus dotes interpretativas se refiere. Pero ya habrá imaginado que mis gustos transitan por otros caminos, tal vez eso tuviera algo que ver.

Se estará preguntando por qué le hablo de ella. No se precipite.

En 1941 se casó con un famoso diseñador de vestuario llamado Oleg Cassini. Al parecer el tipo era tan inseguro y celoso que le obligó a apartarse del mundo del cine. Un hecho que, en gran medida, trastocaría su vida para siempre. Pocos saben que fue entonces cuando estando embarazada de su primer hijo enfermó de rubeola y que la enfermedad terminó por afectar al bebé que llevaba en su vientre. Su hija Dária, nació prematura. La pequeña recibió hasta once transfusiones de sangre para tratar de paliar los daños de la enfermedad que le había transmi-

tido su madre, pero poco se pudo hacer por ella. La niña ya estaba ciega y sorda y padecía una severa discapacidad mental que le acompañaría durante el resto de su vida. Aquella desgracia trastocó la carrera, el matrimonio y el destino de Gene para siempre.

Durante años la aún joven actriz, con hechuras de estrella, no supo cómo se había contagiado de aquella fatídica rubeola, ¿lo imagina? Seguramente tuvo que preguntárselo mil veces. No fue hasta mucho tiempo después, cuando una tarde cualquiera, mientras pasaba una velada rodeada de unos amigos en un local de Los Ángeles, una joven admiradora se le acercó por sorpresa. La joven, de manera espontánea y despreocupada, le confesó que, durante la guerra se había encontrado con ella. En concreto recordó que le había dado un beso en la mejilla en la Cantina de Hollywood, un lugar al que las estrellas del cine de la época iban para entretener a los soldados y recaudar fondos para la guerra. Aquella locuaz admiradora le dijo algo más... Le contó que en su campamento había habido por aquellos días una epidemia de rubeola y que ella se había saltado la cuarentena para acudir esa noche a la cantina y poder conocerla. A tal extremo llegaba su admiración devota.

Gene Tierney supo entonces sin género de dudas cómo se había contagiado. El fervor que causaba entre sus admiradores había sido el causante de su tragedia. Después de eso dedicó gran parte de su vida a financiar organizaciones de caridad contra el retraso mental infantil y apenas volvió a aparecer en un par de series de segunda clase para la televisión. Muchos dicen que, para entonces, la pobre Gene ya se había vuelto loca.

¿Ve por qué le hablo de ella? ¿Entiende por qué sentí tan honda conmoción cuando leí su novela?

Imagine cómo me sentí al descubrir que había sido en cierto modo partícipe de su destino. Un joven escritor brillante y cautivador. Alguien que, en apariencia, gozaba del favor de la vida, y, sin embargo, había sido maltratado por un incidente fortuito y fatal, del caprichoso destino, en el que de un modo inconsciente yo había formado parte

196

mucho tiempo antes... ¿No le parece que la vida es al tiempo un juego extraño y maravilloso?

Leerá esto cuando ya no esté. ¿Quiere que empiece por el principio? «Nací, crecí...». Mi familia forjó su imperio gracias al petróleo. Basta con que sepa eso. Nunca me vi en la necesidad de hacer nada que no quisiera. Una vida resuelta. Fui un niño mimado y feliz y un adulto ocioso y consentido. Imagino que mi situación de partida me proporcionó el tiempo y el dinero suficientes para buscar otras distracciones, digamos, menos concurridas y así fue como me inicié.

He leído mucho sobre asesinos en serie. Crímenes burdos y precipitados. No se asuste. No soy un asesino, tampoco un criminal. Un explorador de las emociones humanas. Eso me gusta pensar. Un entomólogo de la existencia. Eso es lo que he sido.

Querrá saber qué le ocurrió a su hermano. Con franqueza no lo recuerdo todo. Tampoco creo que le interesen los detalles. Sin embargo puedo decirle que no tuvo un fin vulgar. No es que pretenda justificarme, pero nuestras ceremonias no tenían nada de burdo.

Quizá crea que nadie está por encima del bien y del mal. Se equivoca. El bien y el mal no existen más allá de concepciones morales. Es nuestra absurda conciencia autoimpuesta la que nos impulsa a ceñirnos a tan absurdos corsés.

¿Le estoy inquietando? Ya se lo he dicho, no debería preocuparse de ningún modo. No somos sádicos. ¿Ha oído hablar de la sumisión química? La mayoría de esas criaturas no saben ni dónde están la mayor parte del tiempo.

Créame, expongo a muchos fieles hermanos haciéndole esta confesión. Y mucho más ofreciéndole el regalo de proporcionarle respuestas. Espero que lo comprenda. Recuerde que no habrían encontrado a esos críos jamás si no hubiera sido por mi voluntad. No habría sabido jamás qué fue de su pobre hermano. Ni siquiera estoy seguro de por qué lo hago. Supongo que siento cierto placer al saber que seré partícipe, al mismo tiempo, de su dolor más profundo y su mayor liberación.

Me cuesta expresar con palabras precisas la impresión que me causó su novela. Y aquella fotografía suya en la contraportada. La encontré tan tibia. Entonces fue cuando me interesé por su historia... No puede imaginar mi sorpresa cuando descubrí hasta qué punto nuestros destinos habían estado conectados... No sabe cuánto deseé durante nuestro breve encuentro haberle hecho partícipe de que habíamos compartido, de algún modo, una experiencia irrepetible en nuestro pasado sin saberlo. ¿No le parece asombroso? Aquel encuentro casual ha sido para mí una fuente de solaz durante estos últimos meses. ¿Lo recuerda? Seguro que sí, haga memoria. Me resultó tan turbadora su angustia en la distancia corta. A pesar del tiempo transcurrido. Un hombre aún joven, tan abrumadoramente atractivo y, sin embargo, tan visiblemente atormentado. Casi dolía contemplarle.

No debería flagelarse. He de confesarle que sentí una genuina empatía, además de cierto deseo irrefrenable. Y pocas cosas consiguen ya perturbarme. Pensé que tenía en mi mano aliviar una parte de su angustia. ¿No sería eso, en el fondo, una suerte de redención?

Y entonces de algún modo, a través de algún rincón remoto de mi maltrecha memoria comencé a recordar más detalles. Claro que recordé. Un muchacho delgado, con la cara llena de pecas, apenas un niño. No solía fijarme en los detalles, pero aquel tenía una mirada muy clara, parecida a la suya. Esos ojos azules tan diáfanos. Fue entonces cuando encontré aquella foto entre los objetos que conservo. Lo demás resultó muy sencillo.

Disfruté, claro está. ¿Está mal decirlo? Aunque fue tan solo parte de un rito colectivo. No espero que lo entienda.

Tómese esta carta y el resto de acontecimientos que le sobrevendrán con un póstumo regalo de cumpleaños. Recuerde que hago esto de forma voluntaria. Nadie habría sabido nunca, ni sabría jamás, de no ser porque yo he decidido liberarle.

No lo olvide nunca. Soy como aquella colegiala que se acercó a Gene Tierney. La pobre Gene. Terminó sus días recluida en una institución psiquiátrica, ¿se lo había dicho ya?

La morfina hace que las palabras empiecen a amontonarse en mi cabeza.

Sentí un placer tan inusual al conocerle... Creo que usted debió sentirlo también... Lamento no poder ahondar más en esta extraña coincidencia... Habría disfrutado tanto de su presencia... Cuando lea estas líneas ya habré muerto.

Imagino que tendrá cientos de preguntas. No puedo aportar más datos. No dispongo de ellos. Entiendo que es consciente de la generosidad que implica esta confesión... Podría haber guardado silencio para siempre... Piense bien en ello.

Imagino que se preguntará por qué... No existe un porqué. La vida es fruto del azar. La suerte está echada desde nuestro nacimiento... ¿Qué podemos hacer?

He pensado en usted muchas veces. Muchas veces de forma indecorosa. ¿Qué puede significar eso?

El dolor se acentúa. Pronto no seré capaz de recordar quién era. Estoy bailando en el abismo. Discúlpeme si digo alguna incongruencia.

Permítame decirle que sí guardo un íntimo y débil recuerdo de aquel... ¿Cómo llamarlo? De aquel ritual concreto... Es extraño porque ya apenas era capaz de entender... Han debido pasar casi treinta años. ¿No es cierto? Una mirada atónita, casi implorante. Algo que me hizo pensar que tal vez hubiera un alma en aquel ser.

Le deseo lo mejor. Tal vez no lo crea, pero la muerte hace que las palabras cobren un sentido más preciso.

Siga escribiendo. Estoy seguro de que lo hará. El arte es al fin y al cabo un consuelo al dolor de la existencia. ¿No es cierto? Un pequeño resquicio al apabullante sinsentido de la vida.

Suyo, siempre.

D.L.

(Saúl Oliver)

Dejé caer el papel. Quizá se me cayó sin más. No lo recuerdo.

No recuerdo muchas cosas a partir de ese momento. Ni antes, ni después. Solo que sentí como si me rajaran las tripas y las rociaran con un líquido inflamable que empezara a arder. Eso sí lo recuerdo. Como si las entrañas de la tierra se hubieran resquebrajado para arrastrarme dentro. Me costaba respirar. Me costaba moverme.

Tardé un poco en volver a tomar conciencia de dónde estaba. Vi a Lula sentada junto a mi en el sofá desgastado de la agencia en el que habíamos compartido momentos de esperanza años atrás, y a su lado a Sentinel incapaz de mirarme de frente. Entonces recordé... Una imagen nítida y distante que me sacudió el cerebro. Una noche común un par de años atrás, en una fiesta cualquiera, rodeado de extraños a la que había acudido forzado. *«¿Nos conocemos de antes? Deberían adaptar al cine su novela».* Un rostro ampuloso y resbaladizo. Un modo particular de arrastrar las sílabas. Recordé de pronto como si me escupieran la memoria. *«Mi tío se parecía a George Sanders. ¿Le recuerda?».* Todo se volvió nítido y concreto. Aparté las cosas y corrí hasta el primer paquete. Sentí el peso liviano entre mis manos. Releí aquel mensaje escueto. Recordé con nitidez quirúrgica las palabras de Sentinel:

«Puede que su hermano se convirtiera en la víctima aleatoria de una, digamos, organización, depravada. La hipótesis aquí contempla

desde el tráfico de órganos y el móvil económico, hasta otro tipo de ceremonias aberrantes...»

Volví a la fotografía de mi hermano, a sus hombros estrechos. Me vi de pronto veinticinco años atrás. Confundido y nervioso en aquella comisaría de barrio destartalada. El día en el que todo dejó de golpe de tener sentido. Tratando de hacerme entender. Sin saber que ya era muy tarde. Volví a escuchar todas aquellas preguntas. Aquel parque desierto.

Recordé la última vez que lo vi mirarme. Justo en el instante en el que me separé de él y le lancé al abismo. Repasé en mi memoria las millones de veces que había tratado de entender si me había vuelto loco.

Y entonces noté cómo algo me ascendía por la garganta, como una arcada y rompí a llorar. Lloré doblado sobre el suelo, con las costillas aplastadas por la angustia. Tan fuerte que apenas respiraba.

Sentinel se arrodilló junto a mí. Noté cómo apoyaba su mano en mi hombro tratando de sostenerme. Lo último que escuche fue su voz.

—Tranquilo... Llore. Le hará bien. Llore lo que necesite... Tranquilo... Estoy aquí... Estamos a su lado... Quizá debería llamar a su exmujer... No creo que pueda sobrellevar esto solo... Tranquilo...

EPÍLOGO

S.D.
23 de Julio
2018

Me duele mucho la muñeca. Creo que estoy dentro de un coche: no sé qué está pasando. No tenía que haber salido de casa.

¿Dónde me llevas?

Creo que me han dado algo.

Miguel. ¡Déjame salir de aquí! Esto no tiene ninguna gracia. ¿Dónde me llevas? ¡Quiero salir! No puedo moverme aquí dentro. ¡Déjame salir!

¡Mamá!

Lo siento.

Por favor. ¡No quiero cerrar los ojos!

Lo siento.

¡Miguel. ¿Me oyes? ¿Qué estás haciendo? ¡Quiero salir de aquí! ¡Quiero volver a casa!

Lucas Oliver
11-04-1993

No sé dónde estoy. El coche va muy rápido. Siento que se me cierran los ojos. Las piernas me cuelgan y huele muy raro. He perdido el balón. No sé qué está pasando. Me han puesto algo en la boca. Me cuesta tragar. Saúl va a enfadarse de verdad. Tenía que haberle hecho caso. Tenía que haber ido a la tienda... Estoy asustado. No sé dónde voy, no sé quién es este chico. Aquí dentro huele muy extraño. Me cuesta mirar y noto algo en la garganta. Como si me estuviese durmiendo por dentro. Huele mal y quiero salir. Tengo las manos atadas atrás y me duelen las muñecas. *«No te pongas nervioso, llegamos enseguida y podrás llamar a tu madre ¿Cuántos años tienes? No va a pasarte nada. No te pongas nervioso»*.

No puedo hablar. Tengo mucho miedo. Siento calambres en las piernas. Hay una cortina sobre la ventanilla y algo duro que se me clava en la espalda. Me hago pis y tengo miedo. El coche no deja de moverse rápido. No sé dónde voy. Quiero volver a casa. Quiero salir de aquí Saúl. ¡Lo siento! **No tenía que haberme acercado. Siempre dices que nunca me acerque a ningún extraño. El chico solo quería enseñarme un cachorro que se le había perdido en el asiento de atrás. Yo no quería subir.** He perdido el balón Saúl. Por favor, ayúdame. ¡Quiero volver a casa!

La increíble historia de Casey Hathaway
Carolina del Norte, EE.UU.
2018

Última Hora: Noticias Locales

Esta misma mañana un portavoz del FBI ha confirmado que el pequeño Casey Lynn Hathaway, de tan solo tres años de edad, que desapareció del patio trasero de la casa de su abuela en Craven, Carolina del Norte, el pasado veintiuno de enero, ha sido hallado vivo por los equipos de rescate.

Casey, que se encontraba en paradero desconocido desde hace tres días, se encuentra aparentemente en buen estado de salud. Tras varios días intensos, en los que las condiciones fueron adversas, los equipos de rescate dieron con él en los alrededores de la zona de búsqueda.

Según Shelley Lynch, portavoz de la oficina de campo del FBI en Charlotte: «Tras ser localizado el niño ha sido conducido junto a su familia y en estos momentos está siendo atendido por los médicos y enfermeras del *Carolina East Medical Center*. No podemos ofrecer muchos datos, pero el pronóstico es favorable».

El hospital ha optado por no hacer comentarios respecto al estado de salud del pequeño, pero todas las fuentes cercanas a la investigación consultadas por este medio aseguran que el menor se encuentra en razonable buena forma teniendo en cuenta las circunstancias.

El pequeño Casey desapareció sin más mientras jugaba en el patio trasero de la casa de su abuela junto a otros dos familiares de edades cercanas. La familia se percató de su ausencia cuando el resto de los niños entró en la casa. Desde el primer momento comenzaron la búsqueda del menor. Los equipos de rastreo y rescate de todo Carolina del Norte han estado trabajando desde entonces en condiciones duras debido a lo complicado del terreno y las bajas temperaturas y lluvias que se han registrado estos días.

Además del dispositivo y los medios oficiales, más de un centenar de personas anónimas y voluntarios llegados de distintas zonas del país, trabajaron sin descanso peinando toda la zona en busca del pequeño. En un primer momento las autoridades locales abordaron la desaparición de Casey como un caso de huida fortuita, a pesar de lo cual se solicitó a los vecinos que informasen de cualquier conducta, o sujeto que pudiera resultar «remotamente sospechoso» en la zona.

Según el portavoz del FBI, el día de los hechos la familia del pequeño Casey buscó durante más de cuarenta y cinco minutos al crío por los alrededores de la casa antes de llamar al 911 y denunciar su desaparición. Fue entonces cuando se dio la voz de alarma iniciándose la búsqueda oficial.

Al parecer la llamada de auxilio de la abuela en aquel primer momento resultó muy precisa: «Perdimos a mi nieto. Jugaba junto a sus primos cuando, de pronto, desapareció. Creemos que se habrá perdido y estará caminando por el bosque, pero no podemos encontrarlo».

La búsqueda del pequeño movilizó toda clase de medios terrestres y aéreos, incluyendo drones, helicópteros, aviones no tripulados y unidades caninas K-9. Los buzos del condado también realizaron inmersiones en los lagos cercanos para tratar de dar con alguna pista que condujera hasta el chico, pero hasta esta mañana todos los esfuerzos habían sido en vano. Durante las últimas horas las autoridades comenzaron a perder la esperanza de encontrar al chico con vida. Sin embargo, para sorpresa de todos, el pequeño, de tan solo tres años, fue finalmente localizado este jueves, enredado entre arbustos y espinas en una zona boscosa de difícil acceso. Los agentes que lo localizaron se sorprendieron al encontrarlo con vida y en razonablemente buenas condiciones físicas, teniendo en cuenta que estos días las temperaturas en la zona han rondado los seis grados bajo cero durante la noche. Los expertos en rescates coinciden al señalar lo insólito de esta circunstancia. De hecho, ayer mismo las autoridades expresaron su sorpresa inicial y la imposibilidad de explicar con exactitud cómo pudo el pequeño Casey mantenerse a salvo en el bosque, sin contar con ropa de abrigo, ni agua, ni comida, ni ninguna otra cosa que lo protegiera del hambre y el frío.

Se da la extraña circunstancia de que el menor parece haber declarado a los agentes que lo rescataron que, durante el tiempo que permaneció perdido en el bosque, un oso le hizo compañía y le ayudó a mantenerse con vida. Según uno de los agentes presentes en el momento de la localización el menor, «El chico hizo un comentario un tanto sorprendente acerca de haber contado con la compañía de un amigo mientras estaba en el bosque y luego añadió que ese amigo en concreto era un oso. Obviamente nos resultó difícil creerlo. Pero el chico fue mi claro y rotundo en este punto».

Así lo confirmó también este lunes el mayor David McFadyen de la Oficina del Sheriff del condado de Craven. «Lo llevamos al hospital y ya en la sala de emergencias comenzó a hablar con todo el mundo sobre lo que sucedió en el bosque. Dijo a todo el que lo quisiera oír que había estado acompañado durante su estancia en el bosque por un amigo que resultó ser un oso, que lo ayudó a sobrevivir y le hizo compañía mientras se encontraba allí».

McFadyen también explicó a los medios que, efectivamente, hay osos en los bosques del condado de Craven y no resulta insólito encontrarse con alguno, pero dijo que no existen pruebas que demuestren que uno en concreto estuviera con el pequeño Casey. «Parece sin duda altamente improbable que algo así haya podido suceder... Pero en estos momentos, lo único que realmente importa —dijo McFadyen— es que había algo allí para consolarlo durante los tres días y que, de algún modo, lo encontramos a salvo».

«Estamos muy contentos de que tuviera ese tipo de consuelo. Hubo condiciones especialmente duras y extremas ahí fuera. La primera noche la temperatura se desplomó hasta los seis grados bajo cero, la segunda llovió de forma muy copiosa. Nunca perdimos la esperanza, pero era difícil esperar un final como el que hemos alcanzado».

Respecto al momento exacto en el que el menor fue localizado, uno de sus rescatadores recuerda: «Lo oímos sollozar llamando a su madre mientras buscábamos... Y resultó que estaba allí, acurrucado entre unos cuantos arbustos. A decir verdad, apenas podíamos creerlo. Con oso o sin él, lo realmente increíble de este caso es haberlo encontrado con vida».

No es, desde luego, algo que ocurra con frecuencia.

www.ingramcontent.com/pod-product-compliance
Lightning Source LLC
LaVergne TN
LVHW041514170726
843492LV00005B/1491